Esther B.

Gudrun Pausewang
Ich habe Hunger
Ich habe Durst

Gudrun Pausewang, geb. 1928, war als Lehrerin u. a. in Südamerika tätig, wo viele ihrer Romane angesiedelt sind. Heute lebt sie als freie Autorin in Schlitz bei Fulda.
Die meisten ihrer Bücher wurden mit Preisen ausgezeichnet, so auch der fiktive Roman »Die Wolke«, für den sie den Deutschen Jugendliteraturpreis erhielt.

Von Gudrun Pausewang sind außerdem in den Ravensburger Taschenbüchern erschienen:

RTB 362	Und dann kommt Emilio
RTB 715	Die Not der Familie Caldera
RTB 768	Auf einem langen Weg
RTB 794	Der Streik der Dienstmädchen
RTB 969	Friedens-Geschichten
RTB 1646	Die Prinzessin springt ins Heu
RTB 1747	Ich hab einen Freund in Leningrad
RTB 4032	Die letzten Kinder von Schewenborn (bisher RTB 975)
RTB 4044	Etwas läßt sich doch bewirken (bisher RTB 1593)
RTB 4054	Die Wolke (bisher RTB 1721)

RTB 4000	Runge, Über Gudrun Pausewang (Materialienband)

Gudrun Pausewang

Ich habe Hunger
Ich habe Durst

Otto Maier Ravensburg

Als Ravensburger Taschenbuch Band 4031,
(vorher RTB 938)
erschienen 1984

Die Erstausgabe erschien 1981
in der Ravensburger Jungen Reihe
im Otto Maier Verlag Ravensburg

Umschlagillustration: Eberhard Weißflog

Gesamtherstellung: Ebner Ulm
Printed in Germany

12 11 10 9 8 95 94 93 92 91

ISBN 3-473-54031-5

Inhalt

Der Ziegenhügel

Als die Sotos nach einer schlechten Ernte und einem Hungerwinter aus dem Gebirge ins warme Tiefland herabkamen und auf den Ziegenhügel zogen, war er noch unbewohnt und namenlos. Neun Kilometer von der großen Stadt entfernt, erhob er sich mitten aus einem flachen Tal. Er war rund wie ein Pilz und nicht zu steil: In ein paar Minuten war man oben auf der Kuppe. Im Gegensatz zur kahlen Landschaft ringsum war er von hohem Gras und Gesträuch überwuchert und von schiefen, windzerzausten Bäumen beschattet. Am Fuß des Westhangs führte ein tiefzerfurchter Fahrweg stadtwärts vorüber, am Osthang schlängelte sich ein Bach vorbei, der im Schilf unsichtbar blieb und unter dem nördlichen Hang einen kleinen Sumpf bildete.

Zusammen mit seiner Frau und seinen vier Kindern hatte Urgroßvater Soto, der damals noch jung war, die kümmerlichen Reste seiner Ziegenherde aus dem kalten Bergdorf herab in die Nähe der Stadt getrieben. Der Hügel gefiel den Sotos, weil er ein wenig an das Gebirge erinnerte und den ausgehungerten Ziegen Futter bot. Wasser ließ sich aus dem Bach holen.

Nun galt es, zuallererst aus Ästen und Zweigen rund um den Fuß des Hügels einen Zaun zu errichten, damit die Ziegen nicht fortlaufen konnten. Sobald er stand, bauten sich die Sotos aus Steinen, Lehm und Ästen eine Hütte auf die Hügelkuppe: vier Wände, eine Tür, zwei Fensterlöcher, darüber ein Dach aus Schilf. Es gab nur einen einzigen Raum in der Hütte. Der genügte ihnen. Die Urgroßmutter kochte und briet auf einem Steinherd vor dem Haus, im Schatten des vorspringenden Dachs. Die Sotos hielten sich meistens draußen auf, auch wenn sie nicht gerade kochten oder aßen.

Drinnen hatten sie außer einem Regal für die Vorräte und einer Holzkiste für ihre wenige Kleidung und sonstigen Habseligkeiten nur ihre Hängematten. Wenn die Sonne um die

Mittagszeit den Hügel erhitzte, flüchteten sich die Ziegen in den Schatten der Bäume und Sträucher und die Sotos in das kühle Innere ihrer Hütte. Dann hielten sie Siesta, Hängematte neben Hängematte, bis die Schatten länger wurden und die Ziegen wieder zum Vorschein kamen, um sich melken zu lassen.

Als die Hütte fertig war, bekam Urgroßmutter Soto noch sechs Kinder, jedes Jahr eins, einmal sogar zwei zusammen. Sie gebar sie alle in der neuen Hütte. Drei davon starben, und so wurden insgesamt nur sieben Sotokinder groß. Erst tranken sie die Milch ihrer Mutter, dann die der Ziegen.

Die Sotos lebten zufrieden auf ihrem Hügel. Sie brauchten nicht viel mehr als das, was die Ziegen ihnen gaben. Milch, Käse, Fleisch und ab und zu ein Fell, das Urgroßvater Soto auf dem Markt in der Stadt verkaufte, zusammen mit selbstgemachtem Ziegenkäse und Trockenfleisch. Auf einem Hang säten sie Mais und pflanzten Mangobäume, und die Urgroßmutter legte neben der Hütte ein paar Beete mit Mohrrüben, Yuccawurzeln, Bohnen und Kürbissen an. Hühner trippelten zwischen den Ziegen umher und scharrten Gruben in die Hügelkuppe. Die Sotos aßen Eier und verkauften Eier und leisteten sich auch manchmal ein Brathähnchen.

Sie liefen allesamt barfuß, und die kleineren Kinder trugen überhaupt keine Kleidung. Wozu auch. Das ganze Jahr über war es ja warm. Wurde ein Soto krank, suchte die Urgroßmutter bestimmte Kräuter, die auf dem Hügelhang oder im Sumpf wuchsen, und wenn es Gebirgskräuter sein mußten, die hier unten nicht wuchsen, schickte sie den Urgroßvater hinauf in die Berge. Aus den Kräutern kochte sie Tee, und wenn er nicht half, betete sie.

Die Sotokinder spielten zwischen den Hühnern und Ziegen, bauten sich Hütten im Gesträuch, badeten im Bach zwischen dem Schilf, turnten im Kletterbaum vor der Hütte herum. Ihr Spielzeug bastelten sie sich selbst. Es gab genug Holz, Hühnerknochen und trockene Kürbisschalen auf dem Hügel. Ein

Festtag war es, wenn sie den Vater zum Markt begleiten durften. Die neun Kilometer hin und die neun Kilometer zurück gingen sie zu Fuß und trugen auf dem Hinweg noch das, was sie verkaufen wollten.

Als die Sotokinder groß geworden waren, verließen alle bis auf den ältesten Jungen den Hügel. Die Töchter fanden Männer und zogen mit ihnen fort. Zwei Söhne ließen sich auf der anderen Seite des Sumpfes nieder und bauten sich dort eigene Hütten. Sie arbeiteten in der Stadt. Ein dritter Sohn richtete einen kleinen Laden neben dem Fahrweg ein. Auf diesem Weg kamen Ochsenkarren oder Esel vorüber, hochbeladen mit Waren für den Markt oder mit dem Gepäck der Leute aus den Bergen, die in die Stadt ziehen wollten.

Der älteste Soto-Sohn übernahm den Hügel. Nach dem Tod seines Vaters, des Urgroßvaters Soto, suchte er sich eine Frau und bekam mit ihr neun Kinder, von denen wiederum nur sieben am Leben blieben. Die Urgroßmutter half der Großmutter Soto, sie großzuziehen. Sie lehrte sie, wo man die nötigen Heilkräuter fand, wie man Ziegenkäse macht und wie man kranke Ziegen wieder auf die Beine bringt. Die jungen Sotos schenkten der Urgroßmutter einen Schaukelstuhl, den sie gemeinsam erspart und an einem Trödlerstand am Markt erstanden hatten. Darin saß die Alte im Schatten des vorspringenden Dachs noch zwei Jahre. Dann starb sie.

Jetzt mußten Großvater und Großmutter Soto allein fertigwerden. Aber sie schafften das. Sie hatten ja den Hügel und die Ziegen. Sie achteten immer darauf, daß es nie mehr oder nie weniger wurden als ungefähr zwei Dutzend Tiere. Von ihnen lebten sie und ihre Kinder, genauso, wie ihre Eltern und sie selbst von ihnen gelebt hatten. Und die Ziegen lebten vom Hügel.

Um diese Zeit standen schon elf Hütten am Rande des Sumpfes, und zu beiden Seiten des Fahrwegs hatten sich auch ein paar Leute angesiedelt. Die meisten von ihnen waren Indios aus den Bergen, wie die Sotos, und alle besaßen nur so viel, wie sie gerade zum Leben brauchten.

Und auch die Stadt war gewachsen. Schon wurde sie am Horizont sichtbar: Schornsteine ragten in den Himmel, Hochhäuser schoben sich empor, immer mehr Hochhäuser, und rund um die Innenstadt entstand ein Ring von Elendsvierteln. Hier wohnten die Armen, die nicht genug Geld besaßen, um sich in der Stadt eine Wohnung zu mieten.

Aber noch lagen ein paar Kilometer zwischen dem Ziegenhügel und dem nächsten Vorort. Nur der Gestank der Stadt erreichte die Sotos schon, wenn der Wind herüberwehte. Und der Fahrweg wurde zu einer asphaltierten Landstraße ausgebaut.

Der erste Zaun des Ziegenhügels wurde morsch und sank um. Großvater Soto baute einen neuen Zaun. Seine Brüder von der anderen Seite des Sumpfes und seine älteren Kinder halfen ihm. Der Zaun war nur für die Ziegen da. Er sollte nicht die Nachbarn vom Ziegenhügel fernhalten. Das wußte jeder. Wer auch immer die Sotos besuchen wollte, war herzlich willkommen. Der ganze Hügel wimmelte von Ziegen, Hühnern und Kindern. Der Ziegenhügel gehörte allen, die rundherum wohnten. Nur das Gras, das auf den Hängen wuchs, war für die Ziegen der Sotos bestimmt, für sie allein, und jeder kannte und achtete diese Ordnung.

Als die sieben Kinder der Großeltern Soto erwachsen geworden waren, zogen wiederum sechs von ihnen fort: drei ins Tal, einer zurück ins Gebirge, eine in einen anderen Teil des Landes und einer in die Stadt. Der brachte es weit: Er wurde Gefängniswärter. Der junge Soto, der auf dem Hügel blieb, nahm ein Mädchen aus einer der Hütten am Sumpfrand zur Frau. Dieses Mädchen war als Kind mit den Eltern aus den Bergen herabgekommen, es war gutmütig und hilfsbereit, und alle konnten es gut leiden. Es hieß Rosalba, aber als es Sotos Frau geworden war, nannten es bald alle nur noch Mama Soto.

Sie bekamen zusammen sechs Kinder. Zu ihrer Freude starb keines von ihnen, weder bei der Geburt noch durch irgendeine Kinderkrankheit. Die kleinen Sotos wuchsen wiederum auf dem Hügel zwischen den Ziegen auf. Mutter und Großmutter kümmerten sich um sie, und abends, wenn es kühl wurde, saß Großmutter Soto im Schaukelstuhl. Ihr zu Füßen lag Negro, der schwarze Spitz.

Wieder wurde der Zaun morsch und mußte erneuert werden. Sobald diese mühsame Arbeit geschehen war, gruben Großvater und Vater Soto zusammen auf der Kuppe des Hügels einen Brunnen. Sie gruben fast ein ganzes Jahr, bis sie auf Wasser stießen. Oft halfen auch die Soto-Verwandten mit, die neben dem Sumpf und am Straßenrand wohnten. Und als der Brunnen fertig war, feierten die Hügel-Sotos ein großes Fest und luden alle Sotos dazu ein. Zwei Ziegen wurden geschlachtet.

Großvater Soto starb einen Tag nach dem Fest. Er hatte sich übernommen. Schon ein paar Wochen danach folgte ihm die Großmutter, die in ihrem Schaukelstuhl für immer einschlief. Es wurde ein hartes Jahr für Mama Soto, denn noch ehe es zu Ende war, verlor sie auch ihren Mann, der an einem vereiterten Blinddarm starb. Alle drei wurden auf dem kleinen Friedhof, der jenseits des Baches auf einem steinigen Talhang lag, unter großem Wehklagen begraben.

Jetzt war Mama Soto allein mit ihren sechs Kindern. Das älteste, ein Mädchen, Sara, war elf Jahre alt, das jüngste, Carlota, gerade erst geboren. Die beiden Jungen, Felipe und Jacinto, waren neun und sieben Jahre alt, Dulce und Leonor, die beiden Mädchen, vier und drei. Aber Mama Soto hatte ja den Hügel mit den Ziegen und dem Brunnen. Sie besaß alles, was sie brauchte, um ihre Kinder großzuziehen. Nach ein paar durchweinten Tagen und Nächten machte Mama Soto wieder Käse und bestellte Maisfeld und Garten. Sara half ihr dabei. Sara war ein kluges, aber störrisches Kind mit verträumten Augen. Felipe und Jacinto, die beiden Jungen, bemühten sich, der Mutter beizustehen, und übernahmen manche Arbeit des Vaters. Sie mußten auf die Ziegen achten, lernten sie melken und schlachten. Und alle drei Großen hatten immer ein Auge auf die Kleinen, die nackt und schmutzig, aber satt und zufrieden rund um die Hütte spielten.

Als das Hüttendach undicht wurde, kamen die Verwandten und deckten das Dach neu mit Schilf. Als ein Wirbelsturm einen Baum umriß und auf den Zaun schmetterte, richteten ein paar Nachbarn den Zaun wieder auf. Und ein Onkel nahm Mama Soto auf seinem Eselskarren mit, wenn sie auf dem Markt Käse verkaufen wollte. Das dankte sie ihm mit Milch, Fleisch oder Käse, und sie genoß den Ruf, großzügig zu sein.

Mama Soto gewöhnte sich an das Leben ohne ihren Mann. Die Kinder wurden älter, sie selbst wurde rundlich und selbständiger und achtete mehr auf das, was um sie herum geschah. Es veränderte sich in jenen Jahren vieles.

Als das jüngste Kind, Carlota, ein Jahr alt wurde, war von dem Sumpf am Fuß des Hügels nicht mehr viel übrig. Einundzwanzig Hütten standen jetzt dort. Der Morast hatte sich in kleine Maisfelder und Gärten verwandelt. Schweine, Kinder und Hunde hatten die Reste des Schilfs, das den Sumpf umwuchert hatte, längst niedergetreten. Nur an den Bachufern wogte es noch. Und längs der Landstraße standen schon dreizehn Hütten auf der einen und siebzehn Hütten auf der anderen Seite.

Ein richtiges Dorf war entstanden, das sich El Pantano nannte. Es besaß zwei kleine Läden, aber weder Kirche noch Schule. Wer seine Kinder etwas lernen lassen wollte, mußte sie mit dem Omnibus in die Stadt schicken. Doch in El Pantano konnte sich so gut wie niemand das Schulgeld leisten. Die Bewohner der Hütten waren ärmer geworden, als sie es noch vor zwei Jahrzehnten gewesen waren. Sie hatten enger zusammenrücken müssen. Sie besaßen nicht genug Land, um davon leben zu können. Die Männer arbeiteten in der Stadt, sofern sie Arbeit fanden.

Die Stadt war inzwischen dem Dorf noch näher gekommen. Fabrikschlote ragten rechts und links der Straße auf und breiteten einen trüben Dunstschleier über sie. Eine knappe Fußstunde vom Dorf entfernt reihten sich die Hallen einer Kühlschrankfabrik aneinander. Zwischen der Stadt und dem Ziegenhügel lagen kaum noch drei Kilometer freies Feld.

»In ein paar Jahren«, sagte Mama Soto, »sind wir mit der Stadt zusammengewachsen, und El Pantano ist ein Stadtviertel. Aber was nutzt uns das? Der Markt ist das einzige an der Stadt, was ich wirklich brauche, aber er bleibt immer noch gleich weit von hier entfernt. Und mit dem Eselgespann kommt man kaum mehr vorwärts zwischen den Autos. Was mich betrifft, so kann sie also bleiben, wo sie ist, die Stadt.«

»Aber ich«, sagte Sara, »ich wünsch sie mir her, mit den Leuchtbuchstaben und der Musik und den vielen neuen Sachen, die wir nicht haben können!«

Der rote Wagen

In diesen Tagen erschien der rote Wagen vor dem Ziegenhügel. Kurz nach einem heftigen Regen kam er aus der Stadt herangebraust und hielt vor dem Zaun – einer von den ganz teuren Wagen.

Ein Mann in einem weißen Anzug stieg aus. Er war tadellos rasiert, und seine Schuhe blitzten. Gleich kamen ein paar Kinder aus den Hütten herbeigelaufen und gafften ihn an. Solche großartigen Wagen, solche sauberen weißen Herren gab es hier nicht alle Tage zu sehen! Sie drückten ihre Nasen an den Scheiben platt und fuhren mit den Fingern über den roten Lack.

»Wo ist das Tor?« fragte der Mann und zeigte auf den Zaun.

»Es gibt kein Tor«, antwortete das mutigste der Kinder. »Sie müssen über den Zaun steigen.«

Kaum war der Mann auf der anderen Seite des Zaunes, kletterten alle Kinder hinter ihm her und folgten ihm wie ein Mückenschwarm.

Er stieg vorsichtig den Hang hinauf, denn es gab ja nur schmale Fußpfade zur Kuppe, und die waren von Ziegenkot übersät. Er bemühte sich, nicht hineinzutreten und seine Hosen vor Gestrüpp und Schlammspritzern zu retten. Er mußte einen Ziegenbock wegjagen, der nicht weichen wollte. Der Bock stank fürchterlich. Der Mann rümpfte die Nase. Auf halber Höhe preschte ihm Negro entgegen und kläffte ihn an. Die Kinder scheuchten ihn fort. Mißtrauisch trottete der Spitz hinter dem Fremden her. Sara, die am Herd hantierte, entdeckte den vornehmen Herrn als erste. Verblüfft starrte sie ihn an, als er ungeniert umherspazierte und nach allen Richtungen in die Landschaft hinausschaute.

»Gehörst du zu den Leuten, die hier wohnen?« fragte der Mann. »Dann ruf deinen Vater.«

»Der ist tot«, antwortete Sara.

»Also gut, dann eben deine Mutter«, sagte der Mann ungeduldig.

Sara huschte hinter die Hütte, wo Mama Soto gerade eine Ziege molk und zwischendurch der kleinen Carlota, die neben ihr auf der Erde saß, von der Milch zu trinken gab.

»Ein Mann?« fragte sie. »Wer ist es?«

»Ich hab ihn noch nie gesehen«, antwortete Sara.

»Und was will er?«

»Das hat er nicht gesagt. Er will mit *dir* sprechen.«

»Dann muß er warten, bis ich mit den Ziegen fertig bin«, sagte Mama Soto. »Biete ihm den Schaukelstuhl an.«

Aber der Mann wollte sich nicht in den Schaukelstuhl setzen. »Ich bin nicht gewohnt, daß man mich warten läßt«, sagte er. Sara lief hinter die Hütte zurück und berichtete ihrer Mutter atemlos, was der Mann gesagt hatte.

»Das muß ein Flegel sein«, antwortete die Mutter mit der Stirn am Ziegenbauch, »oder ein Reicher.«

Seufzend erhob sie sich von ihrem Stühlchen, jagte die Ziege mit einem Klaps davon und ging mit dem Milcheimer in der einen und der kleinen Carlota an der anderen Hand um die Hütte herum.

Da stand er also, der Mann, mitten in einem Halbkreis gaffender Kinder, unter denen sie auch vier ihrer eigenen entdeckte, und sie erkannte auf den ersten Blick, daß der Mann ein Reicher war.

»Willkommen«, sagte sie. »Warum setzen Sie sich nicht?«

Sie zeigte auf den Schaukelstuhl, ihr bestes Stück, auf dem schon Großmutter und Urgroßmutter Soto gesessen hatten. Es hingen so viele Erinnerungen an diesem Stuhl. Er wurde von allen Sotos in großen Ehren gehalten.

»Besten Dank«, sagte der Mann mit einem schiefen Lächeln, »aber ich möchte mich nicht schmutzig machen –«

Mama Sotos gutmütiges Gesicht verschloß sich. Sie setzte sich selber auf den Schaukelstuhl und nahm Carlota auf den Schoß. So saß sie wie eine Königin auf dem Thron und wartete.

»Gehört dieser Hügel Ihnen?« fragte der Mann.

Mama Soto nickte verwundert.

»Er gefällt mir«, sagte der Mann.

»Ja«, sagte Mama Soto, »allen gefällt er, die zu uns heraufkommen. Man hat eine schöne Aussicht von hier oben.«

»Wieviel wollen Sie dafür?« fragte der Mann.

Mama Soto riß die Augen auf. Dann vermutete sie einen Scherz und lächelte.

»Ich glaube, Sie begreifen nicht, worum es geht«, sagte der Mann ungeduldig. »Ich will hier mit meiner Familie wohnen. Ich werde hier oben eine Villa hinbauen und den ganzen Hügel in einen Park verwandeln.«

Da mußte Mama Soto lachen, und auch die Kinderschar brach in Gelächter aus.

»Aber ich will ihn doch gar nicht verkaufen«, sagte sie. »Wir wohnen hier. Wir sind hier zu Hause. Wir wollen nicht weg von hier.«

»Gute Frau«, sagte der Mann, »vielleicht wissen Sie nicht, wen Sie vor sich haben. Mein Name ist Fernando Sotomayor –«

Er machte eine Pause und beobachtete Mama Soto mit einer hochgezogenen Augenbraue. Aber sie schien nicht beeindruckt.

»Ich bin Rosalba Medina, die Witwe des Ernesto Soto«, antwortete sie, und dann fügte sie heiter hinzu: »Soto und Sotomayor – bei uns hat's nur zu ›Soto‹ gelangt.«

»Es scheint wirklich so, als hätten Sie noch nie etwas von der Firma Sotomayor gehört«, sagte der Mann fast ärgerlich. »Kaum zu glauben. Dabei können Sie von hier oben die Schornsteine und Hallen meiner Fabrik sehen. Zweihundert Kühlschränke am Tag – können Sie sich das überhaupt vorstellen? Auch aus den Hütten hier unten arbeiten Leute in meiner Fabrik. Fast tausend Leute arbeiten für mich. Jeder kennt meinen Wagen. Jeder zieht den Hut, wenn ich durch die Straßen fahre – und *Sie* kennen mich nicht!«

»Vielleicht hab ich schon mal von Ihnen gehört«, antwortete Mama Soto, die den Mann nicht kränken wollte, »und jetzt, wo Sie von Kühlschränken reden, erinnere ich mich, daß die Leute von dieser Fabrik erzählt haben. Aber ich hab mich um so vieles kümmern müssen, das wichtiger war. Was weiß ich von der Welt. Ein Kind nach dem anderen hab ich bekommen, und dazwischen haben die Ziegen Lämmer geworfen. Und ich hab ja auch nie einen Kühlschrank gekauft. Für einen Kühlschrank müßten wir elektrischen Strom und obendrein Geld genug haben. Ich halte meine Ziegenmilch in einem Erdloch im Hang kühl.«

»Zur Sache«, sagte der Mann. »Ich kaufe diesen Hügel. Er liegt günstig für mich, nur knappe vier Kilometer von meiner Fabrik entfernt, nahe an der Straße, und doch schon auf dem Land. Daraus läßt sich was machen. Sie, gute Frau, sollen dabei nicht zu kurz kommen. Ich werde meinen Anwalt zu Ihnen schicken. Er wird alles mit Ihnen besprechen. Leben Sie wohl.«

Damit wandte er sich um und schritt vorsichtig wieder den Hang hinunter.

»Hier, Herr, hier!« riefen ihm die Kinder im Chor zu, als er einem falschen Pfad folgte. Einige von ihnen liefen vor ihm her und warnten ihn vor jedem Ziegendreck. Aber manchmal trat er doch hinein, und einmal geriet er sogar in ein Häufchen Menschendreck. Da fluchte er. Der große Sotomayor fluchte!

Mit offenen Mündern lauschten ihm die Kinder und sahen ihm interessiert zu, wie er seinen glänzenden Schuh im Gras abzuwischen versuchte. Schließlich blieb er mit seiner Hose auch noch am Zaun hängen. Er kletterte in sein rotes Auto wie ein Ertrinkender in ein Rettungsboot, wendete den Wagen so scharf, daß die Kinder mit erschreckten Schreien zur Seite sprangen, und brauste davon.

Oben auf der Hügelkuppe aber saß Mama Soto noch immer im Schaukelstuhl und schüttelte den Kopf.

»Er scheint schlecht zu hören«, sagte sie. »Ich hab ihm doch gesagt, daß ich nicht daran denke, den Hügel zu verkaufen. Vielleicht war's auch ein Verrückter, der sich eingebildet hat, reich und mächtig zu sein. Was weiß ich, ob es so einen Kühlschrankmacher mit Namen Sotomayor überhaupt gibt?«

»Den gibt's und der war's auch«, sagte Felipe, als er wieder heraufkam. »Am Auto kann man ihn erkennen. Onkel Osvaldo arbeitet doch auch in Sotomayors Fabrik.«

»Osvaldo?« fragte Mama Soto. »Arbeitet der nicht in der OSO-BLANCO-Fabrik?«

»Das ist sie doch, die dem Sotomayor gehört«, sagte Felipe.

»Na wenn schon«, sagte Mama Soto. »Wo sollte ich denn mit den Ziegen und den Hühnern hin? Das hat er sich gar nicht überlegt. So ein reicher Mann, und so dumm.«

Damit erhob sie sich, setzte Carlota in den Sand und kehrte wieder zurück zu den Ziegen.

»Er ist in Scheiße getreten!« krähte Jacinto ihr nach, »in unsere Scheiße!«

»Scheiße gehört auch zum Menschen«, sagte Mama Soto und begann zu melken.

Schon eine Weile später hatte sie den Besuch vergessen. Es gab Wichtigeres für sie zu tun: Eine Ziege war krank geworden und lag matt unter einem Strauch. Die galt es wieder auf die Beine zu bringen.

Der Kaufvertrag

Unten im Dorf wanderten Gerüchte umher: Der Herr der OSO-BLANCO-Fabrik interessierte sich für den Ziegenhügel, wenn man den verworrenen Berichten der Kinder glauben konnte. Man wunderte sich. Was fand er nur an diesem Hügel, er, dem alle Wünsche erfüllbar waren, dem nichts unerreichbar blieb?

Am Abend kamen ein paar Verwandte herauf zu Mama Soto.

»Ist es wahr, was die Kinder erzählen?« fragten sie.

»Es war einer da, ja«, antwortete Mama Soto, »und ich hab nein gesagt.«

»Es war sein Auto«, sagte Arturo, der Ladenbesitzer. »Ich hab's selber vor dem Zaun stehen sehen und hab mich darüber gewundert. Dadurch, daß er dich besucht hat, bist du überaus berühmt geworden, meine Liebe.«

»Ach hör auf«, sagte Mama Soto. »Er hat auch nur zwei Beine und einen Kopf.«

»Aber er ist mächtig«, sagte Onkel Pancho. »Er ist mächtiger, als du dir überhaupt vorstellen kannst, und unglaublich reich. Dem quillt Geld aus jedem Knopfloch. Du solltest dir sein Angebot wirklich gut überlegen. Du könntest deine Kinder etwas werden lassen –«

»Hier bin ich und hier bleibe ich«, sagte Mama Soto.

Jetzt wurde Onkel Panchos Frau lebendig, die kleine magere Tante Emilia. »Die Leute meinen, es wäre gar nicht so übel, wenn der Sotomayor hierher nach El Pantano ziehen würde«, meinte sie. »Er würde Geld ins Dorf fließen lassen. Er würde dafür sorgen, daß eine Kirche und eine Schule hierherkämen. Er würde den Weg zum Friedhof teeren und Straßenlaternen setzen lassen. Vielleicht würde er auch zu Weihnachten unsere Kinder beschenken. So was hat man doch schon oft gehört. Wenn einer reich ist, hat er schließlich auch Verpflichtungen.«

»Sie hat recht«, sagte Osvaldo, Mama Sotos Schwager. »Es wäre nicht nur eine Ehre für El Pantano, ihn dazuhaben, sondern sozusagen auch eine Versicherung gegen das Elend: Denn wir alle wären dann ja seine Nachbarn.«

»Und ich?« fragte Mama Soto. »Was wird aus mir und den Kindern ohne den Hügel?«

»Aber du wirst doch dann reich sein«, rief Arturos Frau Maria Estela. »Was willst du noch mehr? Mein Gott, wenn ich nur einen einzigen Tag in meinem Leben reich sein könnte –«

»Geld ist nichts Sicheres«, sagte Mama Soto, »es zergeht wie Honig auf der Zunge, und dann sitzt man da und hat nicht mal mehr ein Stück Boden unter den Füßen, das einem gehört. Und überhaupt – ich weiß nicht, wie man leben muß, wenn man reich ist. Aber hier auf dem Hügel, da kenne ich mich aus, da werde ich mit allem fertig, auch ohne Ernesto. Oder habt ihr etwa vergessen, daß ich die Kinder allein großziehen muß?«

»Wir helfen dir ja«, sagte Onkel Pancho und legte seine Hand auf ihre Schulter. »Das weißt du doch. Wir beraten dich. Die Entscheidung mußt du allein treffen.«

»Das macht mich ganz schwindlig«, saufzte Mama Soto. »Ich will von der ganzen Sache nichts mehr hören.«

Schon am nächsten Tag kam wieder Besuch. Diesmal war es ein Herr in einem hellgrauen Anzug mit einer Aktenmappe unter dem Arm. Er kam am Vormittag und fuhr einen schwarzen Wagen. Er trug Hut und Brille. Mama Soto kochte gerade eine Gemüsesuppe.

»Einen schönen guten Tag«, sagte er und zog seinen Hut. »Ich komme in Herrn Sotomayors Auftrag. Ich habe den Kaufvertrag schon aufgesetzt. Wir brauchen bloß noch über den Kaufpreis einig zu werden. Schon morgen können Sie, wenn Sie wollen, einen Packen Geld in den Händen halten.«

Mama Soto schwenkte ärgerlich die Kelle.

»Aber ich will doch gar nicht verkaufen«, sagte sie.

»Ich sage nur: zwanzigtausend!« schnurrte der Anwalt.

Mama Soto warf einen erstaunten Blick auf den Mann und sagte: »So viel ist der Ziegenhügel wert?«

»Da staunen Sie, was?« rief der Anwalt. »Eine Menge Geld. Davon kann man schon ein paar Feste feiern. Also?«

»Nein«, antwortete Mama Soto, warf ein paar Fingerspitzen Salz in die Suppe und rührte. »Ich kann meine Ziegen kein Geld fressen lassen. Sie brauchen Gras, und Gras wächst hier auf dem Hügel.«

»Wozu brauchen Sie noch Ziegen, wenn Sie reich sind?« fragte der Anwalt.

»Keine Ziegen?« fragte Mama Soto verblüfft. »So ein Leben kann ich mir nicht vorstellen.«

»Wenn's denn unbedingt mit Ziegen sein muß, so könnten Sie sich anderswo wieder ein Stück Land kaufen.«

»Aber meine Verwandten leben hier rund um den Hügel«, sagte Mama Soto.

»Herr Sotomayor läßt mit sich reden«, sagte der Anwalt. »Er wird sicher nichts dagegen haben, Ihnen auch etwas mehr als zwanzigtausend Reales zu zahlen, auch wenn er den Hügel damit überbezahlt. Sagen wir – dreiundzwanzigtausend? Davon können Sie sich noch ein kleines Auto leisten, mit dem Sie von dort, wo Sie sich niederlassen werden, Ihre Verwandtschaft hier besuchen können.«

Mama Soto dachte eine Weile nach, dann schüttelte sie den Kopf und sagte: »Nein. Meine Kinder sind hier geboren und aufgewachsen. Sie sind auf dem Hügel zu Hause.«

»Ihre Kinder können einem leid tun«, sagte der Anwalt, zog ein blütenweißes Taschentuch aus seiner Hosentasche, lüftete den Hut und wischte sich den Schweiß von der Stirn. »Sie leben hier nackt wie die Wilden zwischen Tieren und Mist und bleiben dumm wie das Vieh. Sie können weder lesen noch schreiben. Wären sie nicht intelligent genug, um etwas zu werden? Die Mädchen könnten ein Internat besuchen, wo sie feines Benehmen und Kochen und Sticken lernen. Mit einer solchen Erziehung hätten sie große Aussicht, einen reichen Ehemann zu finden. Und die Jungen könnten studieren und Priester, Ärzte oder Juristen werden. Solche Kinder würden Ihnen einen schönen und sicheren Lebensabend bereiten, meine Liebe –«

Von diesem Redeschwall war Mama Soto wie erschlagen. Auch die Kinder, von denen sich immer mehr hinter dem Rücken des Mannes auf den niedrigen Ästen des Kletterbaums versammelten, verstummten überwältigt.

»Und damit Sie sehen, daß es Herrn Sotomayor ernst ist mit seinem Bestreben, Ihnen und Ihren Kindern ein gutes Leben zu sichern, auch wenn Sie nicht mehr auf diesem Hügel wohnen, gehe ich mit seinem Einverständnis bis auf sechsundzwanzigtausend Reales«, fuhr der Mann fort.

Mama Soto hörte auf zu rühren und starrte den Anwalt an. »Ich hab noch nie mehr als zweihundert auf einem Haufen gesehen«, seufzte sie. »So viel kostet nämlich eine gute Ziege.«

»Sie können sich gar nicht vorstellen«, rief der Anwalt und fuchtelte dabei lebhaft mit den Händen, »wie reich Sie würden, wenn Sie sich nur von diesem lächerlichen Hügel trennen könnten! Aber Ihnen scheint das Wohl Ihrer Ziegen mehr am Herzen zu liegen als die Zukunft Ihrer Kinder, nicht wahr?«

Mama Soto schaute zu ihren Kindern hinüber, die zwischen den anderen Kindern auf dem Kletterbaum kauerten. Sie begegnete Saras Blick. Sara hatte ihren Mund halb geöffnet. Sie lauschte den Worten des Anwalts wie süßen Verheißungen einer guten Fee.

»Nein, das ist nicht wahr«, sagte Mama Soto zornig. »Ich denke zuallererst an die Kinder.«

»Denken Sie auch an sich selbst?« fragte der Mann. »Sie sind Witwe. Sie müssen sich hier abschuften, rund um die Hütte, die menschenunwürdig ist. Sie waten in Staub und Unrat und schleppen jeden Eimer Wasser vom Brunnen herüber, wie ich sehe. Sie tragen ausgeblichene Kittel, gehen barfuß und lassen Ihr Haar in Strähnen hängen. Wenn Sie noch viertausend dazubekämen – und ich glaube, ich könnte Herrn Sotomayor dazu bewegen, bis auf dreißigtausend zu gehen –, dann könnten Sie sich so herausputzen, daß Ihnen die Männer nachliefen und Sie keine Witwe zu bleiben brauchten. Sie könnten sich eine bequeme Wohnung in der Innenstadt leisten und ein Dienstmädchen noch dazu.«

Mama Soto senkte den Kopf und rührte eigensinnig, obwohl die Suppe nicht gerührt zu werden brauchte. Es entstand eine Pause. Der Anwalt wartete auf eine Antwort. Auch Sara, Felipe und Jacinto warteten atemlos.

»Ich will nicht noch einmal heiraten«, sprach Mama Soto in den Kochtopf hinein. »Und was soll ich mit einem Dienstmädchen? Dann hätte ich ja selber nichts mehr zu tun –«

»Nun«, sagte da der Anwalt, »vielleicht werden wir auf eine andere Weise einig, wenn Sie so nicht wollen.« Und mit veränderter, harter Stimme fragte er plötzlich: »Haben Sie übrigens eine Besitzurkunde für den Hügel?«

»Eine was?« fragte Mama Soto verblüfft.

»Einen Kaufvertrag«, erklärte der Anwalt. »Sie müssen doch dieses Gelände von irgend jemandem gekauft haben.«

»Wir haben es von meinen Schwiegereltern geerbt«, sagte Mama Soto verwundert.

»Und woher haben es Ihre Schwiegereltern?«

»Von den Eltern meines Schwiegervaters. Die sind aus den Bergen hierhergekommen.«

»Von wem haben *die* den Hügel gekauft?« fragte er hartnäckig weiter.

»Von niemandem«, antwortete Mama Soto arglos. »Er hat ja keinem gehört.«

»Niemandsland gibt es nicht«, sagte der Anwalt. »Alles Land, das keinem einzelnen Bürger gehört, ist Eigentum der Gemeinde oder des Staates. Der Großvater Ihres Mannes hat also diesen Hügel nur genutzt, ohne ihn zu besitzen, es sei denn, der Staat hätte ihm schriftlich das Grundstück übereignet. Das läßt sich ja feststellen. Falls es so einen Vertrag aber nicht gibt, gehört der Hügel gar nicht den Sotos und kann also auch nicht von ihnen verkauft werden.«

»Jetzt hören Sie aber auf!« rief Mama Soto empört. »Die Sotos haben den Zaun gebaut und den Hügel mit Fußpfaden überzogen und seine Hänge von den Ziegen Jahr für Jahr abweiden lassen. Sie haben ihre Kinder auf ihm bekommen und sind auf ihm gestorben. Sie sind auf ihm zu Hause. Soll er da nicht uns gehören, den Sotos?«

»In Ihren Augen mögen Sie recht haben«, sagte der Anwalt milde lächelnd, »aber das hat mit Recht und Gesetz nichts zu tun. Tatsache ist, daß der Hügel dem Staat gehört und Herr Sotomayor ihn also vom Staat kaufen kann, sofern der Staat gewillt ist, ihm den Hügel zu verkaufen. Warum sollte er aber etwas dagegen haben? Über den Verkauf staatseigener Grundstücke hat der Gouverneur der Provinz zu entscheiden. Der Gouverneur ist ein persönlicher Freund von Herrn Sotomayor. Zwischen den beiden wird es ganz bestimmt keine Schwierigkeiten geben.«

Mama Soto hatte die Schöpfkelle fallen lassen und bewegte sich auf den Anwalt zu. Der lächelte noch breiter.

»Natürlich müßten Sie und Ihre Kinder«, sagte er, »den Hügel räumen, sobald ihn Herr Sotomayor gekauft hat.

Herr Sotomayor wäre dann auch nicht verpflichtet, Ihnen auch nur einen einzigen Centavo zu zahlen –«

»Aber das können Sie doch nicht mit uns machen«, keuchte sie.

»Wie ich Herrn Sotomayor kenne«, sagte er, »wird er als Ehrenmann handeln. Er wird so tun, als *seien* Sie die Besitzerin des Hügels. Er wird Ihnen den Hügel abkaufen, und zwar für dreißigtausend – sofern Sie einwilligen. Wenn Sie sich aber noch immer sträuben sollten, würde er sich gezwungen sehen, den Hügel auf die andere Art zu erwerben. Jedenfalls *wird* er ihn erwerben, so schnell wie möglich.« Er hielt inne und fuhr fort: »Wenn Sie Ihren Verstand nur halbwegs beisammen haben, gibt es für Sie nur eine einzige Möglichkeit: Sofort in den Verkauf einzuwilligen. Sonst stehen Sie in einem Monat mit Ihren sechs unmündigen Kindern ohne einen Centavo auf der Straße. So aber werden Sie eine reiche Frau sein: Besitzerin von dreißigtausend Reales.«

Dann ging alles sehr schnell. Der Anwalt las den Text des Vertrags vor, den er – fertig bis auf den Kaufpreis – schon mitgebracht hatte. Er las sehr schnell, und was er las, war Mama Soto unverständlich. Diese Wörter hatte sie noch nie gehört, und die Sätze waren lang und umständlich.

Sie nickte nur. Es war ja doch nichts zu ändern. Sie sah keinen Ausweg. Sie mußte den Hügel hergeben. Es drängte sie zu schreien, aber sie biß die Zähne zusammen.

Als der Anwalt fertig war, drückte er ihr seinen Füller in die Hand. Ihr Mann hatte ihr beigebracht, wie sie zu unterschreiben hatte. Und so hielt sie den Füller umkrampft und malte ihren Namen unter den Text, den sie weder lesen noch verstehen konnte.

So kam es, daß Mama Soto den Ziegenhügel verkaufte.

»Schweinerei«, sagte Arturo, der Ladenbesitzer, am Abend wütend. »Das ist die reinste Erpressung. Und ich wette, der Hügel ist viel mehr wert.«

»Verlange das Geld dafür wenigstens in bar«, riet ihr Onkel Pancho, »sonst wirst du vielleicht noch übers Ohr gehauen.«

»Wenn dir der Hügel nicht gehört, dann gehört auch niemand anderem im Dorf sein Stück Land«, sagte Osvaldo, der Schwager.« Aber das kann ich einfach nicht glauben. Das hieße, man könnte das ganze Dorf von heute auf morgen rauswerfen!«

»Zerbrecht euch darüber nicht den Kopf«, sagte Arturo. »Auch wenn es nicht so wäre, ziehen wir doch allemal den kürzeren gegen die Mächtigen, denn sie können lesen und schreiben, und wir müssen glauben, was sie behaupten. Sie machen die Gesetze so, daß sie ihnen nützen. Die Gesetze, die oben in den Bergen gelten, die kennen wir. Aber die sind nirgends aufgeschrieben. Die hat jeder im Kopf. An denen kann nicht gedeutelt werden. Nur: Hier unten gelten sie nicht. Was bei uns daheim richtig war, ist hier falsch, und was falsch war, ist hier richtig.«

»Wie soll da unsereiner noch einen geraden Weg durchs Leben gehen?« fragte Mama Soto trübe. »Wie soll sich einer durchschlagen, noch dazu, wenn sechs Kinder an einem hängen?«

»Mach dir doch keine Sorgen«, tröstete sie Maria Estela, Arturos Frau. »Du wirst ja reich sein. Dreißigtausend Reales – damit steht dir die ganze Welt offen.«

»Na, na«, meinte Arturo, »du übertreibst. Gegen das, was der Sotomayor besitzt, ist das nur ein Klacks. Ich wette, der ist Herr über dreißig Millionen.«

»Jetzt übertreibst *du* aber«, meinte Maria Estela.

»Ob reich oder noch reicher«, sagte Osvaldo, »sicher ist, daß niemand im ganzen Dorf so viel Geld in der Hand haben wird wie du, Rosalba.«

»Vergiß uns dann nicht in deinem Reichtum«, sagte Tante Emilia. »Wir haben dich auch nicht vergessen, als du Witwe geworden bist.«

Sara aber versammelte inzwischen die Kinder der Verwandten und Nachbarn um sich und ließ sich bewundern.

»Ich werde in eine Schule gehen und sticken lernen«, berichtete sie mit wichtiger Miene, »und danach werde ich einen ganz reichen Mann heiraten, so einen, bei dem es von Dienstboten nur so wimmelt.«

»Wirst du uns dann einladen?« fragte ihre beste Freundin.

»Nur die, die in Schuhen kommen«, antwortete Sara hochnäsig. Enttäuscht senkten die meisten der Kinder den Kopf. Sie besaßen keine Schuhe, und es bestand keine Hoffnung, daß sie jemals welche besitzen würden.

Das Fest

Mama Soto war entsetzt, als der Anwalt am nächsten Tag wieder erschien und ihr eröffnete, daß sie innerhalb von zwei Wochen den Hügel zu verlassen habe.

»Sie haben es doch gestern unterschrieben«, sagte er achselzuckend, »und Sie können jetzt nicht behaupten, Sie wüßten nichts davon, denn ich habe Ihnen den ganzen Vertrag vorgelesen. Daran läßt sich nichts mehr ändern. Herr Sotomayor hat's eilig mit dem Bauen. Morgen kommt er mit seinem Architekten. Er will noch in diesem Jahr einziehen. Dabei haben wir schon August. Haben Sie übrigens ein Konto?«

»Ein was?« fragte Mama Soto verwirrt.

»Dacht' ich mir's doch«, sagte der Anwalt. »Ich rate Ihnen, gehen Sie auf eine Bank und eröffnen Sie ein Konto, damit wir Ihnen die Kaufsumme überweisen können.«

»Auf so was lasse ich mich nicht ein«, fuhr Mama Soto auf. »Ich will das Geld in die Hand bekommen, Schein für Schein, ich will es sehen und fühlen. Hier auf dem Hügel soll es mir übergeben werden, sonst gehe ich nicht weg.«

»Wie Sie wollen«, sagte der Anwalt. »Aber ich mache Sie darauf aufmerksam, daß das recht leichtsinnig ist. Man kann Ihnen das Geld stehlen.«

Mama Soto aber bestand auf Bargeld. Und so übergab der Anwalt ihr am folgenden Tag, während Herr Sotomayor mit seinem Architekten die Hügelkuppe abschritt und sich nicht mehr um die Sotos kümmerte, ein Paket gebündelter Banknoten gegen Quittung. Ihre Hände zitterten, als sie ihren Kittel aufknöpfte und das Geldbündel in ihr Mieder schob.

»Jetzt sind Sie reich«, sagte der Anwalt, »und nicht mehr abhängig von den Ziegen. Schauen Sie sich jetzt schnell nach einer anderen Bleibe um. Zwei Wochen sind bald vorbei.«

Als er mit Herrn Sotomayor und dem Architekten gegangen war, trat Mama Soto zu Negro, der an einem Pfosten der Hütte festgebunden war, weil er nicht aufgehört hatte, die fremden Männer zu umspringen und anzukläffen.

»Ich versteh dich ja«, sagte sie und streichelte ihn. »Am liebsten würde ich denen auch an die Kehle springen, genau wie du.«

Da stürmten auch schon die Verwandten auf den Hügel.

»Hast du das Geld bekommen?« fragten sie hastig.

Mama Soto nickte und faßte sich an die Brust. Da küßte Tante Emilia sie gerührt auf die Wangen, und Maria Estela schüttelte sogar den kleinen Mädchen, die neben der Hütte im Lehmstaub spielten und von allem, was da vorging, nichts begriffen, die Hände und seufzte: »Was für Glückspilze seid ihr doch. Ihr werdet jetzt in die Stadt ziehen und im Überfluß leben. Und wenn ihr groß seid, werdet ihr uns arme Leute nicht mehr kennen –«

»Eigentlich«, sagte Osvaldos Frau Rebeca, »ist der Empfang von so viel Geld genug Anlaß, ein Fest zu feiern.«

»Mir ist gar nicht nach Feiern zumute«, seufzte Mama Soto.

»Freilich«, meinte Tante Emilia, »dir macht der Gedanke zu schaffen, daß du von nun an ganz anders wirst leben müssen. Aber du mußt dich doch nicht aufs Elend umstellen, sondern auf Wohlstand. Warum spendierst du nicht zwei Ziegen? Du brauchst dich nicht um die Spießbraterei zu kümmern. Dein Onkel und ich werden die Arbeit übernehmen. Oder tut's dir etwa leid um die Ziegen bei dem Packen Geld, den du jetzt besitzt?«

»Aber nein«, sagte Mama Soto, die Gutmütige. »Nehmt sie nur.«

Es wurde ein gewaltiges Fest, von dem die Leute von El Pantano noch Jahre danach sprachen. Das ganze Dorf versammelte sich auf dem Hügel. Die Kuppe war voll von Menschen, die in Gruppen im Gras lagerten. Sie alle wollten den Abschied von Mama Soto und ihren Kindern und zugleich auch deren Glück feiern. Es war ein fröhlich-trauriges Fest.

»Wo wirst du von jetzt an wohnen?« fragten die Frauen, die mit Mama Soto gespielt hatten, als sie noch Kinder gewesen waren. Aber Mama Soto wußte das noch nicht. Sie konnte sich überhaupt nicht vorstellen, den Hügel verlassen zu müssen, und schob den Gedanken vor sich her.

»Vielleicht wirst du wieder heiraten«, meinte Josefina, ihre liebste Freundin, die auch Witwe war. »Du kannst dir ja nun deine Zähne richten lassen. Ich dagegen mit meinen Zahnlükken finde keinen Mann mehr.«

Nicht eine, nicht zwei, nicht drei Ziegen reichten, um alle Gäste zu sättigen. Vier Ziegen ließen im Lauf dieses Tages und der Nacht ihr Leben. Dem Onkel lief der Schweiß übers Gesicht. Felipe und Jacinto mußten ununterbrochen volle Wassereimer aus dem Brunnen ziehen, denn der scharfgewürzte Braten machte durstig. Ein paar Männer ließen auch Schnapsflaschen kreisen, aber die waren bald leer, und niemand besaß genug Geld, neue zu kaufen. Die Leute kamen auch ohne Schnaps in Stimmung. Die fettigen Gesichter glänzten im Flackerschein des Lagerfeuers.

Als es Nacht wurde, stillten die Mütter ihre Säuglinge und betteten sie neben sich. Die älteren Kinder verließen die

Kletterbäume und rollten sich im Gebüsch zusammen. Die jungen Leute tanzten auf dem festgetretenen Lehm neben dem Brunnen zu zwei Gitarren und einer Trommel. Niemand wollte heimgehen.

Die Grillen zirpten auf den Hügelhängen, es roch nach Heu und Braten, von der Stadt herüber glitzerten Lichter, und der Himmel war von Sternen übersät. Ab und zu kläfften Hunde unten im Dorf. Fledermäuse segelten um die Hütte. Im Brunnen plätscherte das Wasser, wenn sich ein Eimer hineinsenkte.

Mama Soto war gerührt. Sie saß in ihrem Schaukelstuhl. Auf ihrem Schoß schlief die kleine Carlota. Mama Soto saß höher als alle anderen, die sich auf den Boden gelagert hatten. Sie konnte die ganze Runde überschauen. Sie war die Königin dieses Festes, alle lagen ihr zu Füßen, und je weiter die Nacht fortschritt, um so öfter kam jemand zu ihr geschlichen und raunte ihr zu: »Höre, Mama Soto, du bist jetzt so unermeßlich reich – es macht dir doch nichts aus, mir ein wenig von deinem Reichtum abzugeben? Nur hundert, das genügt. Damit mein Eduardo sich ein Fahrrad kaufen kann. Mit einem Fahrrad bekäme er Arbeit als Bote –«

»Bitte, Mamachen, sei so gut und schenk mir einen Zwanzigerschein, damit ich endlich zum Zahnarzt gehen kann. Ich werde noch wahnsinnig vor Schmerzen. Gott wird es dir vergelten –«

»Du hast doch selbst gesehen, wie klug mein Enrique ist, nicht wahr, Rosalba, meine Liebste? Er soll es einmal besser haben als wir, er soll zur Schule gehen. Das Schulgeld für ein Jahr kostet einhundertzwanzig Reales. Gib es mir, ich bitte dich um seinetwillen. Es tut dir doch nicht weh –«

»Sie haben meinen Mann ins Gefängnis gesteckt, Mama Soto, weil er in einer Bäckerei ein paar Brote gestohlen hat. Aber warum hat er gestohlen? Weil er keine Arbeit gefunden hat. Für uns hat er gestohlen, für mich und die Kinder. Mit hundert Reales könnte ich den Richter bestechen, damit er ihn laufen läßt!«

Und Mama Soto gab. Sie konnte sich keiner der Bitten verschließen. Sie kannte jeden einzelnen dieser Bittsteller, sie wußte, daß es stimmte, was sie erzählten, und daß die meisten von ihnen ihren Stolz mit Füßen traten, um sie so anbetteln zu können. Wie hätte sie auch nein sagen können, ohne schamrot zu werden, nun, da sie so viel mehr besaß als die anderen? Im Verlauf der Nacht verschenkte sie fast ein Viertel des Geldpakets, das ihren Kittel auf der Brust bauschte.

Nach Mitternacht wanderten alle Gäste müde und zufrieden vom Hügel heimwärts. Drei Ziegen wanderten mit. Mama Soto hatte sie verschenkt. Die sechzehn Ziegen, die auf dem Hügel zurückblieben, kamen aus dem Gebüsch hervor, in das sie sich geflüchtet hatten, und berochen die sauber abgenagten Knochen, die überall herumlagen. Mama Soto aber zog sich mit ihren Kindern in die Hütte zurück und verschlief den ganzen nächsten Tag.

Auf Wohnungssuche

Am übernächsten Tag fuhr Mama Soto mit dem Onkel fort, um nach einem anderen Stück Land zu suchen, auf dem sie mit ihren Kindern und den restlichen Ziegen leben konnte. Sie fuhren mit Onkel Arturos Eselskarren. Die kleine Carlota fuhr mit. Sara und die beiden Jungen mußten daheim die Ziegen und die kleinen Mädchen versorgen.

An drei Tagen fuhren sie morgens los und kehrten abends heim. Sie umkreisten die Stadt, fragten, horchten herum, sahen sich Grundstücke an, die zum Kauf angeboten wurden. Jeden Abend kamen sie niedergedrückter heim. Es zeigte sich, daß kein vergleichbares Grundstück für die Summe zu haben war, die Herr Sotomayor für den Hügel gezahlt hatte. Alles, was in der gleichen Entfernung zur Stadt lag wie der Ziegenhügel, kostete das Doppelte oder noch mehr.

»Mir scheint, du hast deinen Hügel fast verschenkt«, sagte der Onkel bestürzt. »Wer hätte das gedacht? Es sah doch nach so viel aus –«

»Wie hätte ich mich denn dagegen wehren können?« fragte Mama Soto und wischte sich über die Augen. »Der Hügel selber ist daran schuld. Er ist so schön, daß er sogar den Reichen ins Auge sticht. Und wenn ein Reicher etwas haben will, so bekommt er es auch, so oder so, weil er die Macht hat.«

»Darin hast du recht«, sagte Onkel Pancho trübe. »Wir müssen weiter draußen suchen, wo die Grundstücke billiger sind oder wo man sich einfach auf einem freien Landstück niederlassen kann, ohne etwas zu bezahlen, so, wie es auch früher in El Pantano war.«

Aber nur kahle, steinige Hänge, als Ziegenweide ungeeignet, waren nicht bewohnt oder genutzt, und außerdem schreckte Mama Soto davor zurück, sich auf einem Gelände niederzulassen, das ihr nicht gehörte. Sie wollte einen Kaufvertrag in den Händen haben. Und von El Pantano und der Stadt wollte sie sich auch nicht zu weit entfernen. Hier lebten die Verwandten ihres Mannes, die ihr Stütze und Halt waren. Hier lagen ihre Eltern und ihr kleiner Bruder begraben.

Nach drei Tagen gab sie die Suche auf und schlief wieder einen ganzen Tag. Die nächsten beiden Tage blieb sie zu Hause und arbeitete in ihrem Garten wie eh und je. Sie weigerte sich, daran zu denken, daß sie fort mußte.

Jetzt blieben ihr nur noch vier Tage.

»Du mußt dir eine Wohnung suchen«, mahnten die Verwandten. »Such dir eine in der Stadt. Du kannst dir's ja leisten. Dort sind auch die Schulen für deine Kinder, und der Markt ist nahe.«

»Und die Ziegen?« fragte sie trostlos.

»Von denen mußt du dich eben trennen«, sagten die Verwandten.

»Wenn ich keine Ziegen mehr habe«, seufzte sie, »kann ich auch keinen Käse mehr machen. Wozu brauche ich dann den Markt so nahe?«

»Das stimmt«, sagten die Verwandten betroffen. »Aber immerhin: Wer reich ist, zieht in die Stadt.«

Die Zeit drängte. Zu Schleuderpreisen mußte Mama Soto ihre Ziegen verkaufen. Der Abschied von jedem einzelnen Tier tat weh. Die Sotos hatten die Eigenarten der Blanca, der Morena, der Gorda und der Flaca genau gekannt, hatten manche unter ihnen mit großer Mühe aufgezogen. Jetzt wurden sie am Strick in alle Richtungen davongezerrt, und ihr klägliches Meckern verklang am Fuß des Hügels.

»Es ist fast, als ob's meine Kinder wären«, schluchzte Mama Soto, »wer weiß, wie's ihnen ergehen wird –«

Dann suchte sie nach einer Wohnung in der Stadt. Arturos Frau Maria Estela und Tante Emilia begleiteten sie. Diesmal wollte Sara unbedingt mit, und auch Carlota war wieder dabei. Alle waren sonntäglich herausgeputzt und trugen Schuhe. Carlota hatte ein Kleid an, das ihr viel zu groß war, weil es Leonor gehörte, und unter dem Kleid trug sie ein Höschen mit Windel. Gewöhnt, nackt zu sein, fühlte sie sich darin gar nicht wohl, zerrte an dem Zeug und quäkte, und Sara hinkte, weil ihre Schuhe drückten, die eigentlich Tante Rebeca gehörten.

»Wir fahren mit dem Bus«, sagte Maria Estela. »Es würde sich für dich nicht mehr schicken, zu Fuß zu gehen, wo du doch jetzt so reich bist. Und auf dem Eselskarren haben nicht so viele Platz.«

Als sie abfuhren, versammelten sich ein paar Frauen und Kinder an der Bushaltestelle und wünschten zu dem aufregenden Unternehmen alles Gute.

Sie fuhren bis zur Endstation mitten in der Innenstadt. Dann wählten sie die erste beste der alten schmalen Geschäftsstraßen mit den mehrstöckigen Häusern zu beiden Seiten, die kaum ein Stück Himmel freiließen. Hier lag Laden neben Laden. Sara war wie verzaubert. Vor jedem Schaufenster blieb sie stehen. Aber Maria Estela ließ sich nicht ablenken. Sie spähte nach den Schildern aus, die an den Hausfronten freie Mietwohnungen anboten. Lesen konnte sie nicht. Sie bat Passanten, sie ihr vorzulesen. Sie hatte die Führung übernommen, und Mama Soto war das nur recht.

Sie gerieten in eine noch schmalere, dunkle Gasse. In einem Schaufenster entdeckte Mama Soto Ziegenfelle. Deshalb entschied sie sich für eine Wohnung, die genau über diesem Laden lag. Es war eine alte, düstere Wohnung mit Stuckdecke, Fliesenboden und Fenstern mit getönten Glasscheiben. Durch das Treppenhaus wand sich ein verziertes Geländer. Mama Soto mußte sich an dieses Geländer klammern. Sie war es nicht gewohnt, Treppen zu steigen, weder hinauf noch hinunter. Ihr wurde schwindlig, als sie nach der Besichtigung oben am Treppenabsatz stand und hinabblickte.

»Auf unserem steilsten Hang wird mir's nicht so schwindlig wie hier«, seufzte sie.

»Das liegt daran, daß hier alles so vornehm ist«, sagte die Tante, der es nicht besser ging. »Da kann einem schon schwindlig werden, allein vom Mietpreis. Aber den kannst du dir ja leisten, du Glückliche.«

Der Hausbesitzer ließ sich den Mietpreis für sechs Monate im voraus zahlen. Er war froh, daß er für diese Wohnung, in deren Ecken der Schimmelpilz wucherte, noch eine Mietpartei gefunden hatte. Mama Soto reichte Maria Estela das Kind, stellte sich mit dem Rücken zum Vermieter in eine Ecke, nestelte in ihrem Mieder und zog umständlich ein paar Scheine heraus. Der Vermieter wollte sie um einen Teil des Wechselgeldes betrügen, aber Maria Estela, die ja daheim den Laden hatte, war den Umgang mit Geld gewöhnt und paßte auf.

»Es war ein Versehen«, sagte der Vermieter hastig.

Und wieder mußte Mama Soto etwas unterschreiben, was sie nicht lesen konnte.

Als sie schließlich aufatmend auf der Straße standen, sagte

sie verwirrt: »Und jetzt? Findet ihr euch zum Bus zurück? Rings um den Markt kenne ich mich ja etwas aus, aber hier bin ich noch nie gewesen. Eine Straße sieht aus wie die andere.«

Maria Estela fragte sich zur Bushaltestelle durch, und Tante Emilia und Mama Soto mit den Kindern folgten ihr durch die in beiden Richtungen vorüberströmende Menschenmenge, ängstlich bemüht, ihre Führerin im Gedränge nicht aus den Augen zu verlieren. Als sie endlich wieder auf den kleinen Platz zurückgefunden hatten, von dem aus der Bus über El Pantano ins Gebirge fuhr, fiel Mama Soto erschöpft auf den ersten Sitz hinter dem Chauffeur und begann Carlota zu füttern, die längst hungrig quäkte. Ihr Kopf dröhnte von all dem Lärm, der sie hier umgab. Sie sehnte sich nach dem Hügel zurück und war froh, als der Bus abfuhr.

Plötzlich schrak sie zusammen und starrte ins Leere. Dann stieß sie Maria Estela an und stammelte: »Hast du dir die Adresse der Wohnung gemerkt?«

»Nein«, antwortete Maria Estela erschrocken, »ich hab keine Ahnung. Ich dachte, *du* hättest sie dir gemerkt –«

Auch Tante Emilia, die erschöpft vor sich hindöste, wußte sie nicht mehr, und Sara erinnerte sich nur noch, daß das Haus dunkelrot gewesen war.

»Im Schaufenster haben Ziegenfelle gehangen«, jammerte Mama Soto, »das ist alles, was ich noch weiß.«

Maria Estela stürzte zum Chauffeur und bat ihn, sofort zu halten. Es sei dringend.

»Überlegt euch das nächstens früher«, brummte der Mann und hielt.

Mit dem nächsten Bus fuhren sie wieder zurück in die Innenstadt. Ratlos standen sie auf dem kleinen Platz und überlegten, in welche Richtung sie auf Wohnungssuche gegangen waren. Tante Emilia und Maria Estela hielten abwechselnd Passanten an und fragten sie nach einem roten Haus mit Ziegenfellen im Schaufenster. Einige zuckten mit den Schultern, andere lachten. Niemand kannte das Haus.

»Und ich hab doch schon so viel für die Wohnung bezahlt«, jammerte Mama Soto.

Sara brach in Tränen aus, und sogar Carlota merkte, daß etwas nicht stimmte, und begann zu schreien. Schließlich aber stießen sie auf einen Mann, der sich die Zeit nahm, die ganze Geschichte aus ihnen herauszufragen.

»Wenn Sie die Wohnung eben gemietet haben, müssen Sie doch einen Mietvertrag bekommen haben«, sagte er.

Mama Soto gab Tante Emilia das Kind und kramte in ihrer aus Ziegenfell gefertigten Henkeltasche, in der sie Windeln und Proviant trug. Das Papier fand sich. Inzwischen war es ganz zerknittert. Der freundliche Mann faltete es auseinander, glättete es und las es.

»Aha«, sagte er, »hier haben wir's: Calle San Benito, Nummer 217.«

»Sara, präg dir das ein«, rief Mama Soto erregt.

»Calle San Benito, Nummer 217«, wiederholte Sara gehorsam. Der Mann führte sie durch eine Gasse bis zu einer Ecke, von der die Calle San Benito abzweigte, und es zeigte sich, daß sie von hier aus nur zweieinhalb Straßenblöcke weit gehen mußten, um zu der Nummer 217 zu gelangen. Sie bedankten sich überschwenglich bei dem freundlichen Mann.

Erst spät am Abend kamen sie wieder in El Pantano an, erschöpft und mit schmerzenden Füßen. Trotzdem konnte Tante Emilia mit der Neuigkeit nicht bis zum nächsten Tag warten. Noch bis nach Mitternacht war sie eifrig damit beschäftigt, von Hütte zu Hütte zu laufen und zu berichten, was für eine herrliche Wohnung Mama Soto im Herzen der Stadt gemietet hatte.

Mama Soto schleppte sich mit dem schlafenden Kind in den Armen den stillen, nach Anis duftenden Hügel hinauf. Als ihr bewußt wurde, daß die Tage auf ihrem Ziegenhügel zu Ende gingen, graute ihr.

Sara aber konnte es kaum erwarten, in die herrliche neue Wohnung zu ziehen. Ächzend zog sie ihre Schuhe aus und schlüpfte in ihre Hängematte, die zwischen denen ihrer Geschwister hing.

Die kleinen Mädchen seufzten im Schlaf.

»Wie war's?« flüsterte Felipe.

»Oh, es wird wunderbar werden in der Stadt«, flüsterte Sara zurück.

Der Bagger

Am nächsten Morgen schlief sich Mama Soto erst einmal aus. Gegen Mittag kam Arturo. Sie fütterte gerade Carlota.

»Mußt du nicht heute von hier wegziehen?« fragte er. »Es ist der letzte Tag der Frist, die er dir gegeben hat.«

»Er wird es schon nicht so genau nehmen«, meinte Mama Soto.

»An deiner Stelle würde ich mich nicht auf seine Großzügigkeit verlassen«, sagte Arturo vorsichtig. »In solchen Dingen pflegen diese Herren Wort zu halten.«

»Wenn er kommt, ist noch Zeit genug zum Ausziehen« sagte Mama Soto unwirsch. »Was hab ich denn schon fortzuschaffen? Die Hängematten, ein paar Kleider, Töpfe, Werkzeuge, ein bißchen Geschirr, die Wassereimer und den Schaukelstuhl. Das haben wir schnell den Hügel hinuntergeschafft. Und wer weiß – vielleicht hat er inzwischen noch einen schöneren Platz gefunden als diesen Hügel –«

»Das ist schwer möglich«, sagte Arturo traurig. »Und was geschieht mit den Hühnern?«

»Die nehme ich mit in die Stadt«, sagte Mama Soto und warf den Kopf in den Nacken. »Wenn ich mich schon von den Ziegen habe trennen müssen, will ich wenigstens die Hühner behalten. Hühnerfutter kann ich mir auf dem Markt beschaffen.«

»Hast du denn dort einen Hühnerstall?« fragte Arturo erstaunt. »Davon hat Maria Estela gar nichts erzählt.«

»Es wird sich alles finden«, sagte Mama Soto. »Und den Negro nehmen wir auch mit. Ich hab in der Stadt viele Hunde gesehen.«

»Onkel Pancho wird dir deinen Hausrat in die Stadt fahren«, sagte er. »Ich hab mit ihm gesprochen.«

»Ja, ja«, sagte sie und winkte ab, »wenn es soweit ist –«

Am Abend dieses Tages saß Mama Soto in ihrem Schaukelstuhl und sah auf das Dorf hinab. Negro lag, wie immer, neben ihr. Die Luft war klar. Nah und fern kläfften Hunde. Die Glocken dröhnten aus der Stadt herüber. Züge pfiffen. Ringsum waren die Hügel in rotes Licht getaucht, und der Himmel war über und über bedeckt von rosafarbenen Schäfchenwolken.

»Schaut euch das gut an«, sagte sie zu den Kindern, die um sie herum spielten. »So was werdet ihr so schnell nicht wieder sehen. Atmet die Luft tief ein, damit sie in eurer Erinnerung bleibt. In der Stadt stinkt's.«

Dann schickte sie die jüngeren Kinder in ihre Hängematten. Nur Sara, die Zwölfjährige, durfte bei ihr bleiben.

»Nun kriegst du deinen Willen«, sagte sie finster zu ihr. »Du wirst in der Stadt leben. Du wirst in die Schule gehen.«

»Ja, Mama«, antwortete Sara und warf den Kopf in den Nacken.

»Und die Jungen werden zur Schule gehen und studieren und irgend etwas Großartiges werden. Und dann werdet ihr unter den Reichen leben und mächtige Freunde haben und werdet euch schämen, daß eure Mutter so arm und unwissend ist, und werdet mich nicht mehr kennen wollen –«

»Aber Mama«, sagte Sara.

»Ich werde nicht so schnell mitkommen«, seufzte Mama Soto. »Ich werde nie eine vornehme Dame werden.«

»Du brauchst es ja nur den reichen Leuten abzugucken, wie man lebt, wenn man reich ist«, sagte Sara. »Es wird ein viel leichteres Leben sein als hier. Du brauchst nur ein bißchen zu kochen und einzukaufen. Alles, was wir brauchen werden, wirst du mit dem Geld, das du im Mieder trägst, einfach einkaufen. Ist ein Kleid kaputt, wirfst du's weg und kaufst ein neues. So ein Leben ist doch einfach!«

»Ich trau dieser Art Leben nicht«, murmelte Mama Soto düster. »Es kommt mir vor wie eine Brücke, von der man nicht weiß, ob sie hält.«

»Es kann uns doch nichts passieren, mit so viel Geld –«, sagte Sara verwundert.

»Nichts ist sicher im Leben«, seufzte Mama Soto. »Aber ich will mir Mühe geben, mich auf das Stadtleben zu freuen.«

Am nächsten Morgen schlief Mama Soto wieder sehr lange. Sie erwachte von einem eigentümlichen Gedröhn, das langsam anschwoll. Die Jungen schossen hinaus in die Sonne und verschwanden hangabwärts. Mit entsetzten Augen kehrten sie nach kurzer Zeit zurück.

»Da kommt was Riesiges den Hügel herauf«, stammelte Jacinto. Mama Soto wälzte sich aus der Hängematte und riß die kleine Carlota an sich. Schon konnte man das Brechen von Zweigen, das Bersten von Ästen hören.

»Den Zaun hat es umgewalzt!« schrie Felipe.

Da erschien es auch schon, das Ungetüm: ein mächtiger Bagger, der sich schnurgerade den Hang heraufschob. Alles, was ihm im Weg stand, zermalmte er unter sich. Vor ihm stoben die Hühner mit ängstlichem Gegacker auseinander, und Negros Gebell überschlug sich.

»Der Hahn!« schrie Sara. »Der Hahn ist daruntergeraten!«

Mama Soto lief mit Carlota auf den Bagger zu.

»Halt!« schrie sie. »Das könnt ihr doch nicht machen!«

Aber der Bagger konnte auf dem steilen Hang nicht so leicht halten. Der Mann, der ihn lenkte, brüllte Mama Soto etwas zu, das sie im Lärm nicht verstehen konnte, und bedeutete ihr mit heftigen Gesten, sie solle aus dem Weg gehen. Im letzten

Augenblick, als die Kinder schon aufschrien, sprang sie zur Seite. Der Bagger walzte quer über ihr Gärtchen und blieb zwischen Brunnen und Hütte stehen. Sein Getöse verstummte.

»Ihr seid noch da?« fragte der Baggerführer erstaunt von seinem hohen Sitz herunter in die Stille. »Der Chef hat mir gesagt, daß hier schon alles ausgezogen sei.«

»Unhold!« schrie Mama Soto und hob die Faust. »Herzloser Schuft! Meinen Hahn hast du umgebracht, meine Bohnen hast du zerquetscht!«

»Was kann ich dafür?« fragte der Baggerführer. »Wahrscheinlich hättet ihr schon längst fort sein sollen. In drei Stunden muß ich hier fertig sein. Also beeilt euch und räumt die Hütte aus. Die verschwindet als nächstes.«

»Warum denn *das*?« fragte Mama Soto verstört.

»Was habt ihr denn gedacht?« antwortete der Baggerführer ungeduldig. »Meint ihr, Herr Sotomayor wird in eure Hütte einziehen? Die wäre ihm nicht einmal als Hundehütte gut genug. Er wird einen Palast herbauen, sag ich euch, den sich noch nicht einmal Gottvater leisten könnte. Heult nicht, es hilft ja nichts. Ich hab daheim auch nur so eine Hütte wie ihr, aber wenn ich wieder abhauen würde mit meinem Bagger, wäre ich noch heute meinen Job los.«

Da kamen auch schon Nachbarn und Verwandte heraufgeeilt, alarmiert durch das Getöse, und halfen, die Hütte auszuräumen und den Hausrat den Hang hinabzuschleppen.

»Schafft alles zu uns hinunter!« rief Tante Emilia.

Fassungslos starrte Mama Soto auf die Hütte, die sich zusehends leerte.

»Der Herd!« schrie sie außer sich.

»Den kannst du doch nicht mitnehmen«, beschwichtigte sie eine ihrer vielen Nichten. »Er ist aus Steinen zusammengemörtelt.«

»Aber der Großvater meines Mannes hat ihn selber gebaut«, schluchzte sie.

Die Kinder fingen die Hühner ein. Das gab rund um den Hügel ein großes Hasten und Rennen. Das Gekreisch drang bis hinunter ins Dorf. Endlich waren alle Hühner in einem Sack beisammen.

»Und der Brunnen?« keuchte Mama Soto.

»Der soll stehenbleiben«, sagte der Baggerführer. »Ohne Wasser können sogar die Reichen nicht leben. Aber gleich neben dem Brunnen muß ich ausbaggern, da kommen die Grundmauern hin. Seid ihr jetzt endlich fertig?«

»Die Yuccawurzeln«, jammerte Mama Soto und warf sich über ihr verwüstetes Gärtchen. »Die soll er nicht kriegen. Keine einzige überlaß ich ihm!«

»Führt sie doch weg von hier«, sagte Tante Rafaela erregt zu Tante Emilia. »Das zerbricht einem ja das Herz.«

Aber Mama Soto wollte sich nicht wegführen lassen.

»Ich will zuschauen«, rief sie. »Ich will alles sehen, damit meine Wut heiß bleibt! Damit ich diesen Sotomayor noch auf meinem Sterbebett hasse!«

Und sie schaute mit starrem Blick zu, wie der Bagger mit einem einzigen Schub die Hütte zum Einsturz brachte und damit den letzten Funken Hoffnung auf eine Rettung, ein Wunder zunichte machte. Eine mächtige Staubwolke erhob sich und hüllte alle ein.

»Meine Kinder und mein Mann sind darin geboren«, schluchzte Mama Soto. »Das ist doch auch etwas. Das kann man doch nicht so achtlos wegfegen –«

Die kleinen Mädchen klammerten sich an ihren Kittel und brüllten. Auch die Jungen zogen die Nasen hoch. Sara aber blieb tränenlos. Sie brannte vor Ungeduld, in die Stadt zu kommen.

Der Umzug in die Stadt

Die Nacht verbrachten die Ziegenhügel-Sotos in der Hütte von Onkel Pancho und Tante Emilia. Sie fanden kaum Platz für ihre Hängematten. Bis zum Morgengrauen jaulte Negro jämmerlich und verstummte erst, als der Onkel einen Stein nach ihm warf. Um die Mittagszeit des nächsten Tages lud Onkel Pancho Mama Sotos Habseligkeiten auf seinen Eselskarren. Er schnürte den Schaukelstuhl fest, und auf den Schaukelstuhl band er den Sack mit den Hühnern, die benommen darin gackerten. Die beiden kleinen Mädchen setzte er rittlings auf das Gepäck. Jacinto und Felipe durften auf dem Esel reiten. Sara und Mama Soto, die Carlota auf dem Rücken trug, wanderten hinter dem Karren her. Der Onkel trottete neben dem Esel und trieb ihn zur Eile an. Negro hatte sich unter den Karren verzogen. Dort hatte er es schattig. Zwischen den hohen Rädern trippelte er mit gesenktem Kopf dahin.

Im Verkehrsgedränge der Stadt kam der Esel kaum mehr vorwärts. Der Onkel war nur den Weg bis zum Markt gewöhnt, und der Markt lag an der Landstraße, die aus den Bergen und durch El Pantano kam. Hierher aber, in die Innenstadt, wagte er sich nur selten und sehr ungern. Auch der Esel zeigte sich verstört. Ab und zu weigerte er sich weiterzutrotten.

Die kleinen Mädchen verzogen das Gesicht vor dem Gestank, der den Autos und den übervollen Mülleimern entströmte. Der Lärm betäubte alle. Mama Soto konnte nicht verstehen, was Onkel Pancho ihr zurief. Immer wieder mußte er vor den vorüberbrausenden Wagen zur Seite springen, mußte den Esel gegen den Straßenrand drängen. Der Eselskarren paßte einfach nicht in diese Hast. Und nun geriet er auch noch in den dichtesten Nachmittagsverkehr, der nach der Siestazeit einsetzte. Dem armen Onkel Pancho verging Hören und Sehen.

Sie sollten erschöpft, aber unversehrt dem Getümmel entrinnen, aber Negro mußte dran glauben. Während sie vor der Hausnummer zweihundertsiebzehn in der Calle San Benito das Gepäck vom Karren luden, zog es ihn zu einer Hündin auf der gegenüberliegenden Straßenseite hin. Er war nicht gewohnt, auf den Verkehr zu achten. Er hatte nie gelernt, Autos auszuweichen. Und so kümmerte er sich nicht um den Bus, der heranratterte. Er sah und roch in diesem Augenblick nur die Hündin. Nicht nur der Bus überfuhr ihn. Nach ihm überrollten ihn noch unzählige Wagen. Die Blutlache überzog sich mit Staub. In verkehrsfreien Augenblicken stürzten sich Meuten magerer Hunde auf das, was von Negro übriggeblieben war. Bald war nichts mehr von ihm zu sehen als ein plattgefahrenes Fell, das die Farbe der Straße angenommen hatte.

Diesmal weinte auch Sara. Sie hatte Negro schon gekannt, als er ein junger, verspielter Hund gewesen war. Sie hatte sich mit ihm daheim in den Erdmulden herumgewälzt, die die Hühner gescharrt hatten, und nach ihr hatten alle übrigen Sotokinder mit Negro gespielt. Er hatte die Ziegen zum Melken zusammengetrieben, er hatte nachts die Hütte bewacht, er hatte zusammen mit den Klageweibern um die toten Sotos geheult. Er hatte zur Familie gehört.

»Es hätte schlimmer kommen können«, seufzte Onkel Pancho. »Es hätte eines der Kinder sein können.« Damit ergriff er, sobald der Karren leer war, die Flucht.

»Behüt euch Gott, alle miteinander«, rief er über die Schulter zurück. »Laßt euch bald wieder einmal draußen bei uns in El Pantano sehen. Und du weißt ja, Rosalba, daß du immer zu uns kommen kannst, wenn du in Not bist –«

Mit verheulten Gesichtern starrten ihm die Sotos nach. Als sie sich dann schüchtern durch das halbdunkle Treppenhaus hinaufschlichen, beugten sich zwei Frauen aus einem Seiteneingang des Souvenirladens, in dem die Ziegenfelle hingen. Die eine tuschelte der anderen zu: »Mit diesem Haus geht's bergab. Wie konnte er die Wohnung nur an solches Pack vermieten?«

»Hättest *du* Lust, da oben zu wohnen?« fragte die andere. »Ich nicht. Seit zwanzig Jahren nicht renoviert, und die Wände grün vor Schimmel. Du darfst auch nicht vergessen, daß die Calle San Benito längst nicht mehr das ist, was sie vor zwanzig Jahren einmal war. Alles, was Rang und Namen hatte, ist von hier fortgezogen. Die ganze Straße vergammelt. Wer was auf sich hält, zieht hier nicht ein.«

»Ich frage mich nur«, sagte die erste, »wo dieses Pack so viel Geld her hat, daß es sich eine solche Wohnung leisten kann. Wahrscheinlich zusammengeklaut. Wir werden wachsam sein müssen.«

Und sie warf einen schrägen Blick hinter den Sotos her, die sich die Treppe hinaufmühten.

Oben in der Wohnung angekommen, kauerten sich die Kinder in einem Raum zusammen. Sie wagten kaum zu atmen. Es dämmerte schon. Langsam füllten sich die hohen Räume mit Dunkelheit. Vergebens suchte Mama Soto in der leeren Wohnung nach Haken für die Hängematten, während die Kinder ihren hallenden Schritten und dem ungewohnten Straßenlärm lauschten und mit offenen Mündern auf die Reflexe der Lichtreklamen starrten, die auf den kahlen Wänden zuckten.

Schließlich trug Mama Soto das ganze Gepäck samt den Hängematten in das kleinste Zimmer, das seine Fenster nicht zur Straße, sondern zum Hinterhof hinaus hatte, und bettete die Kinder auf die ausgebreiteten Matten. Es war ein hartes Lager, aber sie waren müde.

Bevor Mama Soto sich dazulegte, ließ sie im Nebenzimmer die Hühner frei und streute ihnen Maiskörmer auf die Fliesen. Dann verbarrikadierte sie die Tür des kleinen Zimmers, in das sie sich geflüchtet hatten, von innen mit Töpfen und Pfannen. Sie dachte nicht daran, die Wohnungstür abzuschließen. Sie hatte ja ihre Hütte auf dem Ziegenhügel auch nie abgeschlossen. Wie auch, da doch die Hütte nur ein Türloch mit einem Vorhang gehabt hatte?

Mama Soto träumte unruhig in dieser Nacht. Ab und zu schreckte sie auf, tastete nach leise schaukelnden Hängematten, die sie nicht fand, erinnerte sich jäh, daß hier keine Hängematten schaukelten, und grübelte, bis sie wieder einschlief, um bald darauf aus dem nächsten Angsttraum hochzuschrecken.

In der Morgendämmerung erwärmten sich ihre Träume an der Erinnerung des Abschieds: So viele Verwandte und Bekannte hatten sich vor Onkel Panchos und Tante Emilias Hütte versammelt, als der Karren zur Abfahrt bereitgestanden hatte. Die Frauen hatten geweint und sie und die Kinder umarmt und geküßt, und alle Leute in El Pantano hatten sie beneidet um das Leben in der Stadt. Aus dieser Nestwärme von El Pantano erwachte Mama Soto in ein fremdes, leeres Zimmer hinein, das sie haßte.

Der Herd für Witwen

Zu Beginn des neuen Tages standen die Sotos vor der Schwierigkeit, keinen Herd zu besitzen. Aber die Hühner hatten vier Eier gelegt. Mama Soto gab sie den kleinen Mädchen und Jacinto. Aus ihrem Proviantsack teilte sie Maisfladen aus.

»Ich hab Durst«, sagte Dulce. »Wo ist denn hier der Brunnen?«

»Im anderen Zimmer läuft Wasser aus der Wand«, sagte Jacinto. »Man muß an einer großen Schraube drehen, dann kommt's.«

Sie füllten ihre Eimer mit Wasser und reihten sie nebeneinander. »Man kann nie wissen«, sagte Mama Soto. »So ein

Schräubchen an der Wand ist bestimmt nicht so sicher wie ein Brunnen. Was sollten wir hier machen, wenn uns plötzlich das Wasser ausginge?«

Die beiden Jungen waren neugierig, sie untersuchten die ganze Wohnung. Sie kamen hinter die Mechanik, mit der sich die Fenster öffnen ließen, und entdeckten auch die Spülung im Klo. Verblüfft beugten sich die Kinder über die weiße Schüssel, in der es rauschte und schäumte.

»Mein Gott«, rief Sara, »wie die Reichen das Wasser vergeuden, einfach nur so – zum Spielen!«

Aber Mama Soto war solch ein Klosett nicht unbekannt. Sie hatte ab und zu die öffentliche Toilette auf dem Markt benutzt. Allerdings hatte dort die Spülung fast nie funktioniert, war die Schüssel ganz verdreckt gewesen. Und zum maßlosen Erstaunen der Kinder, die sie umringten, führte sie vor, wie man die Schüssel benutzte. Danach zog sie die Spülung. Was nun geschah, erregte Heiterkeit – die erste schüchterne Heiterkeit seit der Ankunft in der Stadt.

Aber noch lag unten auf dem Straßenpflaster, aus den Fenstern der Wohnung deutlich sichtbar, das Fell des armen Negro. Als Mama Soto es mit einem Blick streifte, schossen ihr wieder die Tränen in die Augen, und Heimweh überwältigte sie. Um sich abzulenken, stürzte sie sich in Arbeit. Sie trug den Schaukelstuhl in das größte der drei Zimmer und stellte ihn mitten im Raum ab. Dann schob sie das Regal, das sie mitgebracht hatte, neben den Spülstein in der Küche und ordnete ihr Geschirr darauf.

»Lauter solche unnötigen Kinkerlitzchen gibt es hier«, knurrte sie mit einem finsteren Blick auf die Deckenlampe, »nur keinen Herd. Wie soll ich etwas kochen?«

Sara aber war mit den Gedanken schon ganz woanders.

»Wann gehen wir?« fragte sie ungeduldig.

»Wohin?« fragte Mama Soto erstaunt.

»Na einkaufen«, rief Sara ebenso erstaunt.

Mama Soto griff sich an die Brust. Jawohl, da war das Paket.

»Meinst du, daß man einen Herd kaufen kann?« fragte sie Sara und sah sie voller Zweifel an.

»*Alles* kann man kaufen«, antwortete Sara.

»Dann wollen wir gleich gehen und einen Herd kaufen«, sagte Mama Soto und ordnete ihren Kittel.

»Und Kleider für uns«, rief Sara eifrig, »und Schuhe! Schau doch, keiner läuft so rum wie wir. Die Leute werden sich nach uns umdrehen.«

»Erst muß ein Herd her«, sagte Mama Soto, »danach kommen die Haken für die Hängematten dran. Alles andere hat Zeit.« Sie wagte nicht, die Kinder allein in dieser fremden Wohnung zu lassen. Sie nahm alle sechs mit – so, wie sie waren. Sie hielten sich an den Händen, damit sie sich im Gedränge nicht verloren, und schauten immer wieder zurück, um sich den Heimweg zu merken. Sara streifte die Schaufenster der Kleiderläden mit sehnsüchtigen Blicken und schämte sich. Sie wanderten von Laden zu Laden und kamen schließlich auch an Schaufenstern vorüber, in denen Elektroherde zu sehen waren. Aber sie wußten nicht, daß es Herde waren.

»Können Sie uns sagen, wo es Herde gibt, bitte schön?« wandte sich Mama Soto an eine Passantin.

»Hier drin«, antwortete die Frau und zeigte auf das Schaufenster. Verwundert zogen die Sotos in den Laden ein und warteten scheu, bis ein Verkäufer sie ansprach.

»Einen Herd brauche ich, aber einen echten steinernen«, sagte Mama Soto.

Es dauerte lange, bis der Verkäufer sie überzeugt hatte, daß für die Stadtwohnung ein elektrischer Herd das Beste sei. Er führte ihr und den Kindern vor, wie er zu handhaben war. Geduldig wiederholte er alle seine Erklärungen, bis die Sotos begriffen hatten.

»Aber gibt es denn in der Wohnung solche Doppel-Löchlein in der Wand?« fragte Mama Soto voll Mißtrauen.

Gewiß, die gab es. Jacinto und Felipe hatten sie mit eigenen Augen gesehen. Und so drehte sich Mama Soto seufzend zur

Wand und zog einen Schein aus dem Mieder. Aber sie gab ihn noch nicht her. Feindselig starrte sie den Herd an, der so anders aussah als alles, was sie bisher an Herden gesehen hatte. Sogar Maria Estela, die doch den Laden hatte, kochte auf einem gemauerten Herd hinter der Hütte!

»Hübsche Kinder haben Sie, gnädige Frau«, sagte der Verkäufer.

»Jawohl«, antwortete Mama Soto stolz, »und ich hab keins verloren. Ich hab sie alle durchgekriegt. Meiner Mutter sind sechs von neun gestorben, drei davon gleich nach der Geburt.«

»Ich sehe, Sie sind klug und tüchtig«, sagte der Verkäufer. »Ich vermute, daß Sie gerade erst in die Stadt gezogen sind. Sie wollen also weiterkommen, wollen sich verbessern, wollen moderner leben. Dazu gehört unbedingt so ein Herd. Niemand in der Stadt gebraucht einen altmodischen gemauerten Herd.«

Sara nickte heftig.

»Glauben Sie mir«, sagte der Verkäufer und schaute Mama Soto ungemein freundlich an. »Ich meine es gut mit Ihnen. Ich würde Ihnen nichts andrehen, was nichts taugt.«

»Ich bin Witwe«, seufzte Mama Soto. »Ich muß alles allein entscheiden.«

»Eben deshalb«, rief der Verkäufer lebhaft. »Dieser Herd ist der beste für Witwen, denn er benötigt so gut wie keine Reparaturen. Er ist der zuverlässigste, den wir haben.«

»Also gut«, sagte Mama Soto. »Ich kaufe ihn. Und jetzt müssen wir noch einen Karren kaufen, damit wir den Herd auch heimschaffen können.«

»Wir bringen ihn«, sagte der Verkäufer liebenswürdig. »Noch heute nachmittag. Ihre Adresse?«

Sara schnurrte die Adresse herunter, und der Verkäufer notierte sie. Mama Soto aber war verblüfft: Dies war ein wildfremder Mann aus der Stadt und war doch so freundlich, daß er sich anbot, ihr den Herd in die Wohnung zu schaffen!

»Vergelt's Ihnen Gott«, sagte sie dankbar. »Wenn ich *Ihnen* mal was helfen kann, dann kommen Sie nur.«

Der Verkäufer lächelte und geleitete sie zur Tür.

»Beehren Sie uns bald wieder«, sagte er.

»So ein netter Mensch«, sagte Mama Soto zu den Kindern, nachdem er hastig wieder im Laden verschwunden war. »Sobald wir den Herd haben, werde ich ihm ein paar Maistaschen backen und herbringen. Die wird er sicher gern essen, besonders so, wie *ich* sie mache.«

Mit vierzehn schweren Eisenhaken kehrten sie schließlich in die Wohnung zurück, begleitet von den argwöhnischen Blicken der Souvenirverkäuferinnen.

Mama Soto war erschöpft.

»Was für ein Leben hier«, seufzte sie, während sie den Hammer aus dem Gepäck suchte und die Haken in die Wand schlug. »Man wandert stundenlang an Menschen vorüber und hat doch nichts von ihnen, denn alle Gesichter sind fremd.«

Der Mörtel rieselte. Nebenan klopfte jemand an die Wand.

»Hört doch«, rief Mama Soto erleichtert, »auf der anderen Seite der Mauer wohnen auch Menschen! Gott sei Dank, wir sind nicht allein.«

Am Spätnachmittag wurde der Herd gebracht. Zur großen Enttäuschung der Sotos waren es zwei fremde Männer, die ihn die Treppe heraufschleppten. Sie steckten das Kabel in den Stecker und prüften, ob er funktionierte. Die Sotos staunten: Ohne Feuer und Rauch wurden die Platten heiß!

Leonor verbrannte sich den Zeigefinger.

»Wollen Sie nicht hierbleiben und eine Suppe mit uns essen?« fragte Mama Soto die Männer. »Die Yucca ist noch von daheim, und das Trockenfleisch ist von meinen eigenen Ziegen –«

Sie wischte sich verstohlen über die Augen.

»Keine Zeit«, antworteten die Männer geschäftig. »Wir haben noch viel auszufahren, und wir können den Lieferwagen auch nicht so lange da unten im Parkverbot stehen lassen.«

Und schon strebten sie wieder zur Tür hinaus.

»Aber richten Sie wenigstens Grüße an unseren Bekannten, den Verkäufer, aus, ja?« rief ihnen Mama Soto nach.

»An welchen Verkäufer?« fragten die Männer unwirsch. »Im Laden gibt es acht. Wie heißt er?«

Das wußte sie nicht.

Verstimmt gingen die Männer fort. Sie hatten kein Trinkgeld erhalten. Mama Soto war ebenso enttäuscht.

»So eine gute Gelegenheit, mit ein paar Stadtleuten bekannt zu werden, und da haben sie nicht einmal Zeit, mit uns einen Teller Suppe zu essen«, seufzte sie.

Die Kinder umringten den Herd, als Mama Soto kochte.

»Seht ihr, mit dem geht's viel schneller, und er macht nicht schmutzig«, rief Sara triumphierend.

»Aber der hier hat kein Gesicht«, sagte Dulce.

»Was denn für ein Gesicht?« fragte Sara erstaunt.

»Hast du nie das Gesicht von unserem Herd daheim gesehen?« fragte Dulce ebenso erstaunt zurück. »Zwischen den Steinen und im Mörtel, das eine Auge rötlich, das andere schwarz, und die Nase steht ein bißchen heraus?«

»Du spinnst «, sagte Sara ärgerlich. »Aber wenn du unbedingt einen Herd mit einem Gesicht brauchst, dann denk dir doch die Schaltknöpfe da als Augen und das Backrohr als Maul –«

Aber Dulce schüttelte nur den Kopf.

»Der ist ja so fremd«, seufzte sie. »Und überhaupt – ich glaub', er ist tot.«

In der nächsten Nacht schliefen die Sotos wieder in ihren sanft hin und her schaukelnden Hängematten. Mama Soto hörte den Atemzügen ihrer Kinder zu und fühlte sich nicht mehr ganz so elend wie in der vergangenen Nacht. Aber die Wohnung erschien ihr immer noch leer und fremd und bedrohlich. Sie starrte hinauf zur Zimmerdecke, wo ein Lichtschein entlangkroch, und dachte an die Hühner, die nebenan schliefen. Ihr fiel ein, daß sie Futter kaufen mußte. Es gab so vieles, was noch einzukaufen war: Harte Arbeit für mehrere

Tage. Ach ja, und die Kinder mußten in den Schulen angemeldet werden. Aber wie sollte sie erfahren, welche Schulen es gab und wo sie lagen, wenn niemand mit ihr sprach? Und konnte sie die Kinder überhaupt allein auf die Straße lassen? Nicht auszudenken, wenn an Negros Stelle eines ihrer Kinder läge! Die ganze Stadt war ja lebensgefährlich!

Sie beschloß, die Anmeldungen noch ein paar Tage hinauszuschieben. Jetzt kam es auf eine Woche mehr oder weniger auch nicht an. Aber wenn es dann eines Tages sein mußte, daß die Kinder am Morgen fortgingen und erst um die Mittagszeit heimkehrten, ohne daß sie, die Mutter, einen Vormittag lang wußte, ob sie noch lebten oder schon tot unter den Rädern eines Autos lagen, so sollte ihr Leben wenigstens nicht für eine geringe Sache aufs Spiel gesetzt werden. Sie sollten vornehme und teure Schulen besuchen, solche, in die die Reichen ihre Kinder schickten. Dafür gab es auch noch einen anderen Grund: Wenn sie schon fern von ihrem Ziegenhügel leben mußten, so sollten die Kinder auch etwas davon haben.

Sie konnte nicht schlafen. So viele Gedanken bewegten sie. Leise wälzte sie sich aus ihrer Hängematte und trat zum Fenster. Leuchtreklame zuckte über ihr Gesicht, erhellte in fahlen Blitzen die leere Gasse. Sie starrte auf die Stelle, wo Negros Fell gelegen hatte. Es war verschwunden.

Seufzend verließ sie das Fenster und tappte zu ihrer Hängematte zurück. Carlota quäkte leise im Schlaf. Mama Soto beugte sich über sie. Seite an Seite hingen ihre beiden Matten, so nahe, daß sie jederzeit die kleine pummelige Hand fassen, das runde Köpfchen streicheln konnte.

Sie ließ sich in ihre Hängematte sinken. Es sollten früher ein paar Sotos in die Stadt gezogen sein – Großonkel, Onkel, Schwager, Vettern ihres Mannes. Aber außer Jorge, dem Gefängniswärter, hatte keiner von ihnen mehr etwas von sich hören lassen. Jorge war manchmal draußen in El Pantano erschienen, natürlich in Zivil, und hatte mit seinem vollen Geldbeutel geprotzt. Sie hatte ihn nie besonders leiden mögen.

Aber nun fühlte sie sich zu ihm hingezogen, weil auch er irgendwo in dieser Stadt lebte, in diesem lärmenden Strudel. Doch dann erinnerte sie sich, daß er nicht in der Innenstadt wohnte, sondern in irgendeinem Außenviertel. Er entzog sich ihr, er bot ihr keinen Halt. Und so blieb der freundliche Herdverkäufer der einzige Bekannte, den sie in ihrer Nähe wußte. Ihre Gedanken waren bei ihm, als sie einschlief.

Besuch aus El Pantano

Nach sechs Wochen kamen Tante Emilia und Maria Estela auf Besuch. Mama Soto war außer sich vor Freude.

»Dulce, Leonor, Carlota, wir haben Besuch!« rief sie über die Schulter. »Ach, daß ihr gekommen seid, ihr Lieben. Wie viel hab ich euch zu berichten!«

Sie umarmte die Verwandten und schmatzte ihnen herzhafte Küsse auf die Wangen. Die drei kleinen Mädchen kamen gelaufen und quietschten vor Freude. Carlota konnte sich noch kaum auf ihren rundlichen Beinen halten.

»Die anderen sind in der Schule«, erklärte Mama Soto. »Ihr werdet staunen, wenn ihr sie seht. Sie tragen jetzt Schuluniformen. Sara ist bei den Nonnen, dort lernt sie Chorsingen und gutes Benehmen. Ihre Schule soll sehr alt und sehr vornehm sein, hab ich mir sagen lassen, und sie ist mit den Töchtern der reichsten Leute zusammen. Die beiden Jungen hab ich auch in eine teure Schule getan. Ihre Lehrer sind Männer mit Schlips und Kragen. Meine Jungen haben jetzt Offiziers- und Advokatensöhne zu Freunden. Das wird ihnen später sehr nützen. Sie machen Fortschritte. Sie fangen schon an, alle Wörter über den Läden zu entziffern. Noch ein paar Wochen, und sie können richtig lesen und schreiben, stellt euch das vor. Wenn das ihr Vater wüßte –«

Sie führte den Besuch in die Küche und drückte die Tante in den Schaukelstuhl. Maria Estela schob sie einen anderen Stuhl unter.

»Wir haben dir was mitgebracht, was du sicher brauchen kannst«, sagte Tante Emilia mit vielverheißendem Gesicht und zog ein Tuch von ihrem großen Henkelkorb. Zum Vorschein kam ein wunderschöner lebendiger Hahn.

Mama Soto brach in Tränen aus. Tante Emilia und Maria Estela sahen sich erschrocken an.

»Was hast du denn, Rosalba«, fragte die Tante ratlos. »Du hast doch damals den Hahn verloren, und da haben wir gedacht – wegen der neuen Brut –«

»Ich hab doch keine Hühner mehr«, schluchzte Mama Soto. »Ich hab sie alle schlachten müssen. Der Hauswirt hat sie nicht in der Wohnung erlaubt. Jetzt haben wir kein Tier mehr, kein einziges –«

»Nun wein doch nicht«, meinte die Tante und umarmte sie. »Dann werden wir den Hahn eben schlachten und braten und zusammen Hähnchen essen.«

Sie machten sich gemeinsam an die Arbeit. Da ein Hähnchen für alle neun nicht reichte, lief Mama Soto und kaufte noch ein zweites ein, schon geschlachtet und gerupft. Aufgeregt hastete sie in die Wohnung zurück.

»Ihr habt meine Wohnungseinrichtung ja noch gar nicht gesehen«, rief sie noch in der Tür.

Sie faßte beide Frauen an den Händen und führte sie in das große Zimmer, das vorher den Hühnern gehört hatte. Es roch noch immer nach Hühnermist. Aber jetzt stand da ein großartiges Plüschsofa zwischen zwei Plüschsesseln vor einem ovalen Couchtisch, und darüber neigte sich eine mit Rüschen und Quasten reich verzierte Stehlampe. Diese Gruppe stand auf einem Perserteppich, der nicht echt war, und wirkte in dem leeren Zimmer wie eine einsame Insel im Ozean. Nur an der einen Wand hing ein mächtiges Ölgemälde in Goldrahmen, auf dem ein Tiroler Dorf zu sehen war, das zu Füßen eines kleinen

Hügels lag. Im Vordergrund weidete ein Hirtenjunge seine Ziegen.

»Das ist irgendwo auf der anderen Seite vom Meer«, erklärte Mama Soto, »wo die Leute so helle Haare und so ausgebleichte Augen haben. Aber das Dorf und der Hügel und die Ziegen, das erinnert mich an El Pantano. Deshalb hab ich's gekauft. Die übrigen Möbel hat Sara ausgesucht.«

Tante Emilia und Maria Estela steuerten auf das Sofa zu und ließen sich darauf nieder.

»Ah«, sagten sie wie aus einem Mund, als sie in der weichen Pracht versanken.

»Kommt, setzen wir uns in die Küche«, sagte Mama Soto unruhig, »rund um den Herd ist es viel gemütlicher.«

Tante Emilia und Maria Estela erhoben sich seufzend.

»Wann setzt ihr euch denn auf *diese* Sessel?« fragte Maria Estela. »Sonntags?«

»Eigentlich nie«, antwortete Mama Soto achtlos. »Dieses Zimmer ist ja auch nicht für uns, sondern für Besucher gedacht: Damit sie sehen, daß wir keine armen Leute sind, meint Sara.«

»Und uns hast du wieder aufgescheucht«, sagte Tante Emilia lachend.

»Ihr seid doch kein Besuch«, sagte Mama Soto. »Ihr gehört zu uns und wißt alles über uns. Aber das Schlimme ist, daß ich keinen anderen Besuch bekomme. Es gibt ja niemanden hier in der Stadt, der uns kennt.«

Sie öffnete das nächste Zimmer.

»Hier ist das Schulzimmer«, erklärte sie und zeigte auf drei Tische, die unter Büchern und Heften verschwanden. »Hier machen die drei Großen ihre Schulaufgaben. Dafür brauchen sie Ruhe. Die Kleinen habe ich während dieser Zeit bei mir in der Küche.«

An der einen Wand stand ein mächtiger Kleiderschrank, an der anderen hing eine einsame Uhr, die laut tickte.

»Die Großen kennen sich mit der Uhr aus«, sagte Mama

Soto. »Ich nicht. Ich hab die Zeit im Gefühl. Aber Sara meint, wer reich ist, mißt die Zeit mit der Uhr.«

Vor der dritten Wand prunkte ein riesiger Globus in einem dreifüßigen Ständer.

»Was ist denn das?« fragte die Tante verwundert.

»Das ist die Welt«, antwortete Mama Soto stolz.

»Die Welt?« fragte die Tante verblüfft. »Unsere Welt?«

»Ich versteh das auch nicht«, meinte Mama Soto, »aber es muß schon stimmen. Die Jungen haben mir von so einem Ding in der Schule erzählt, mit allen Ländern, Flüssen und Meeren darauf, die es gibt. Dann haben wir es in einem Schaufenster gesehen, und da haben sie mich gequält, ich solle es ihnen kaufen. Man kann die Kugel drehen. Jetzt drehen die Jungen jeden Tag daran und buchstabieren sich die Namen zusammen. Sie sagen, sie wüßten schon die halbe Welt auswendig. Aber warum das Ding rund ist, hab ich auch noch nicht begriffen.«

Sie öffnete das dritte, das kleinste Zimmer. Hier hingen sieben Hängematten nebeneinander. Der übrige Raum war leer.

»Ein Badezimmer haben wir auch«, sagte Mama Soto, als sie den Besuch unter der Wäsche hindurch, die im Flur an langen Leinen zum Trocknen hing, zu einer neuen Tür führte. Erstaunt betrachteten die beiden Frauen die Emaillewanne. Wäsche war darin eingeweicht.

»Hier drin wäscht sich die Wäsche besser als im Bach«, sagte Mama Soto. »Es kommt kein Schmutz geflossen, und kein Schlamm wirbelt auf. Man kann die kleinen Kinder hineinsetzen, ohne Angst zu haben. Das schmutzige Wasser verschwindet durch das kleine Loch, wenn man den Stöpsel herauszieht.«

»Wo fließt es denn hin?« fragte Tante Emilia erstaunt. »Hier gibt es doch weit und breit keinen Bach?«

Diese Frage wußte Mama Soto auch nicht zu beantworten.

»Ich glaube, wir müssen uns beeilen, wenn die Hähnchen gar werden sollen, bis die Kinder aus der Schule kommen«, meinte Maria Estela, und die Frauen kehrten zurück in die Küche.

Wirklich, wenn man die Küche mit den drei anderen Räumen verglich, so war sie der einzige wohnliche Raum. Hier stand der vertraute Schaukelstuhl, hier stand das alte Regal aus der Soto-Hütte mit dem Ziegenhügel-Geschirr. Auf dem alten, grob zusammengezimmerten Tisch, den noch Großvater Soto gemacht hatte und der, solange sich die Tante zurückerinnern konnte, neben dem Herd vor der Hütte gestanden hatte, machten sich die Frauen an die Arbeit. Die drei kleinen Mädchen spielten auf dem Fußboden.

Aber Mama Soto vergaß immer wieder zu tun, was zu tun war. Sie hatte ja so viel zu erzählen, sie gestikulierte mit Messer und Kelle. Die beiden anderen kamen kaum zu Wort. Sie wunderten sich. Daheim hatte Mama Soto nie so viel gesprochen.

»Ihr könnt euch gar nicht vorstellen, wie sehr ich mich über euren Besuch freue«, rief sie. »Jeden Tag hab ich euch herbeigewünscht. Wir haben uns ja jetzt einigermaßen an die Stadt gewöhnt. Aber an was es hier fehlt, das sind die Menschen.«

»Die Menschen?« fragte Maria Estela verblüfft. »Aber die Stadt wimmelt doch von Menschen!«

»Das stimmt«, sagte Mama Soto. »Aber keiner kennt einen. Man ist in dem Trubel ganz allein. Einsamer geht's gar nicht mehr. Wenn ich nicht die Kinder bei mir gehabt hätte, ich glaub', ich hätte das Sprechen verlernt.«

»Merkwürdig«, sagten beide Frauen wie aus einem Mund, und Maria Estela fragte: »Kannst du dir denn keine Freundin suchen?«

»Sie haben alle keine Zeit, mit einem zu reden«, seufzte Mama Soto. »Hat man mal mit jemandem ein paar Worte gewechselt, über die Kinder und die Preise und das Wetter, und man denkt schon, nun hätte man jemanden, an den man sich halten könne, wenn es einem zu einsam zumute ist – so ist es am nächsten Tag, als hätte man nie miteinander geredet. Da war es doch da draußen ganz anders: Wie oft haben wir oben bei uns oder unten bei euch zusammengestanden und geschwatzt.

Jeder hat über jeden so gut wie alles gewußt. Darum beneide ich euch noch immer. Wenn mir hier ein Kind sterben würde, fände ich noch nicht einmal ein paar Klageweiber.«

»Entsetzlich«, hauchte die Tante.

»Da hatten wir zum Beispiel einen so netten Bekannten gefunden«, fuhr Mama Soto fort, »gleich am zweiten Tag. Er ist Verkäufer im Laden, wo wir unseren Herd gekauft haben. Er hat uns einen Herd herausgesucht, der extra für Witwen gedacht ist, und hat ihn uns sogar herschaffen lassen. Ihr könnt euch nicht vorstellen, wie freundlich er zu uns war. ›Gnädige Frau‹ hat er zu mir gesagt, und die Carlota hat er am Kinn gekrault. Am nächsten Tag bin ich dann noch mal hin und hab ihn mit seiner Familie für den Sonntag einladen wollen zu ein paar Maistaschen. Ihr wißt ja, wie gut meine Maistaschen sind. Aber da tat er plötzlich, als kenne er uns nicht mehr, und hat nur verlegen an mir vorbeigeschaut. Man hat ihm angesehen, wie froh er war, als ich wieder fortging. Begreift ihr das?«

In diesem Augenblick kamen die Jungen aus der Schule heim, und kurz danach war auch Sara da. Es gab wieder Küsse und Umarmungen, und die beiden Verwandten schlugen die Hände zusammen vor Staunen: Wie vornehm die Kinder aussahen in ihren Schuluniformen mit den Emblemen!

»Wir werden bald ein Dienstmädchen haben«, verkündete Sara mit wichtiger Miene, als sie die drei Frauen in der Küche hantieren sah. Sie bewegte ihre mageren Arme wie eine Dame. Ihr glattes Haar war in Korkenzieherlocken gedreht.

»Ach Unsinn«, sagte Mama Soto. »Sie drängt mich immer dazu, aber ich will nicht. Ich wüßte gar nicht, wie ich mit einem Dienstmädchen umgehen sollte. Wenn ich's tu, dann nur, um jemanden zu haben, mit dem ich reden kann. Denn die Arbeit kann ich auch allein machen.«

»Aber ein Dienstmädchen gehört doch dazu, wenn man reich ist«, rief Sara mit vorwurfsvollem Blick.

»Du tust, als wüßtest du, wie man lebt, wenn man reich ist«, knurrte Mama Soto.

»Jedenfalls weiß ich's besser als du«, antwortete Sara schnippisch. »In meiner Klasse erzählen die Mädchen von daheim. Sie wollen, daß auch ich von daheim erzähle. Ich muß schwindeln, damit ich mich nicht blamiere. Deshalb hab ich erzählt, wir hätten auch eins.«

»Ein was?« fragte die Tante.

»Ein Dienstmädchen. Sonst würden sie mich auslachen. Ich muß so sehr aufpassen, damit ich nichts falsch mache. Und muß mich so benehmen wie sie und alles haben, was auch die anderen haben – sonst gelte ich nichts.«

»Sie hält mich von der Schule fern«, sagte Mama Soto bekümmert. »Sie will um alles in der Welt nicht, daß ich sie von dort abhole. Sie schämt sich mit mir.«

»Sie will nicht in Stöckelschuhen gehen«, rief Sara hitzig. »Sie will in diesen ausgelatschten Schlappen kommen! Aber so läßt sich keine andere Mutter sehen. Dabei hätte sie doch das Geld, sich ein paar Stöckelschuhe zu kaufen!«

»Sie drücken mich«, sagte Mama Soto unwirsch, »und sie machen mich unsicher. Ich kann mich in diesen schrecklichen Dingern einfach nicht fortbewegen.«

»Du *mußt* dich eben gewöhnen«, sagte Sara wütend. »Auch wenn du nicht willst. Du mußt dich anders kleiden und anders benehmen und dich anders fühlen. Du mußt ein anderer Mensch werden. Wenn du weiterhin wie eine Indiofrau aus den Bergen herumläufst, machst du mir das Leben schwer.«

»Ich *bin* eine Indiofrau aus den Bergen«, rief Mama Soto, die nun auch in Wut geriet, »und du ebenso!«

»Hört auf«, sagte Tante Emilia, »bei diesem Streit kommt nichts heraus.«

»Sie schaut immer zurück«, klagte Sara. »Nachts träumt sie vom Ziegenhügel. Und wenn ich sie daran erinnere, daß es dort gestunken hat, wird sie zornig. Aber nun sind wir doch mal Stadtleute geworden, und da sollten wir's auch *ganz* sein.«

»Sie ist gerade in einem schwierigen Alter«, raunte Tante Emilia Mama Soto zu. »Du mußt Geduld mit ihr haben.«

Sie aßen zusammen die Hähnchen, und Mama Soto fragte während des Essens nach allen Bekannten und Verwandten in El Pantano. Nur nach dem Ziegenhügel fragte sie nicht.

»Der Sotomayor ist fest am Bauen«, erzählte Maria Estela unbekümmert. »Der Rohbau steht schon. Es scheint ein wahrer Palast zu werden –«

Die Tante stieß sie in die Seite, aber Maria Estela schwatzte weiter: »Er will den ganzen Hügel in einen Park verwandeln. Die schiefsten Bäume hat er fällen lassen. Lastwagen voller junger Bäume läßt er anfahren: merkwürdige Bäume, die bei uns nicht daheim sind. Sie sind schon drei oder vier Meter hoch, mit Netzen um die Wurzelballen. Das Gestrüpp ist weg. Alle Hänge werden gedüngt und mit Oleander- und Hibiskussträuchern bepflanzt, und in die freien Flächen hat er Rasen einsäen lassen. Drei Gärtner haben von morgens bis abends zu tun.«

»Und unser Kletterbaum?« fragte Jacinto.

»Der wird wohl schon weg sein«, meinte Maria Estela. »Aber wir dürfen ja nicht mehr hinaufgehen.«

»Sei doch still«, flüsterte die Tante mit einem Blick auf Mama Sotos verquältes Gesicht. »Siehst du nicht, wie weh das tut?«

»Ach laß nur«, sagte Mama Soto. »Es will geschluckt sein.«

Nach dem Essen mußten die beiden Verwandten wieder Abschied nehmen. Mama Soto und die Kinder begleiteten sie bis zum Bus. Nur Sara wollte nicht mitgehen.

»Ich passe auf Carlota auf«, sagte sie.

»Aber ich trage sie auf dem Arm«, sagte Mama Soto.

»Ich geh trotzdem nicht mit«, sagte Sara. »Es könnte mich jemand aus meiner Schule sehen.«

Da gab ihr Mama Soto eine schallende Ohrfeige.

Sara weinte nicht. Sie starrte ihre Mutter und die Verwandten mit haßerfüllten Augen an. Aber sie wagte nichts mehr zu sagen. Sie riß Carlota, die nun zu plärren anfing, an sich, rannte mit ihr ins Wohnzimmer und knallte die Tür hinter sich zu.

Es gab einen tränenreichen Abschied vor dem Bus.

»Komm doch einmal raus zu uns«, sagte Maria Estela. »Alle die anderen wollen aus deinem Mund hören, wie es dir hier ergeht. Du weißt doch, daß du uns immer willkommen bist.«

»Jetzt will ich noch nicht kommen«, antwortete Mama Soto langsam. »Ich könnte noch nicht am Ziegenhügel vorbei. Ich will erst eine Zeit darüber vergehen lassen, dann tut das Wiedersehen nicht mehr so weh.«

»Gott behüte dich«, sagte die Tante und tätschelte Mama Soto die Hand. »Such weiter nach Leuten, die sich mit dir anfreunden. Wenn du hier erst Freunde hast, wirst du anfangen, dich zu Hause zu fühlen.«

Mama Soto nickte. Sie konnte nicht sprechen. Tränen standen ihr in den Augen.

»Leb wohl, leb wohl«, rief Maria Estela und umarmte sie bewegt. »Verlier nicht den Mut. Denk daran, daß die Leute in El Pantano dich beneiden.«

Der Fahrer hupte, die beiden Frauen mußten einsteigen. Kaum hatten sie sich zwischen die anderen Fahrgäste gequetscht, fuhr der Bus ab. Die Kinder winkten, aber Mama Soto preßte beide Hände vor den Mund. Über ihre Finger strömten Tränen.

»Komm«, sagte Felipe sanft und hakte sie unter. »Wir müssen jetzt heimgehen.«

»Als ob wir hier daheim wären«, schluchzte sie.

Lügen

Ein paar Tage später bekam Sara Besuch, an einem Samstag nachmittag. Mama Soto öffnete die Tür. Ein Mädchen in Saras Alter starrte sie an und fragte: »Wohnt Sara hier?«

Es war das Kind reicher Leute, das konnte Mama Soto auf den ersten Blick erkennen. Es trug teure Kleidung nach der letzten Kindermode, ein goldenes Kettchen und goldene Ohrringe mit winzigen Rubinen.

»Sara wird sich freuen«, sagte Mama Soto. »Komm herein. Sei willkommen.«

Da kam Sara auch schon aus dem Studierzimmer gestürzt.

»Geh nur, ich mach das allein«, sagte sie hastig zu Mama Soto und setzte dann ein strahlendes Lächeln auf.

»Oh, Olga«, rief sie und breitete ihre Arme aus, »schön, daß du mich besuchen kommst. Du mußt entschuldigen, bei uns geht es drunter und drüber, denn wir haben gerade die Handwerker, aber im Salon sind sie noch nicht.«

Und sie geleitete sie ins Wohnzimmer, vorbei an Mama Soto, die in der Küchentür stand und zu begreifen versuchte, wovon Sara sprach.

Olga schwieg verlegen und war damit beschäftigt, ihre Frisur zu ordnen, die unter der hängenden Wäsche gelitten hatte. Dafür sprach Sara um so mehr. »Es ist ein Kreuz mit den Handwerkern«, klagte sie. »Sie werden und werden nicht fertig!«

Olga schaute sich im Wohnzimmer um und zog die Mundwinkel herab. »Es riecht hier so komisch«, meinte sie, und dann fragte sie plötzlich: »Ist die, die mir die Tür aufgemacht hat, deine Mutter oder euer Dienstmädchen?«

Sara starrte sie einen Augenblick bestürzt an, dann warf sie den Kopf zurück und lachte schrill.

»Natürlich unser Dienstmädchen«, sagte sie. »Meine Mutter ist verreist, jawohl, für längere Zeit zu Verwandten.«

»Ach so«, meinte Olga erleichtert, »ich dachte schon, ihr kommt aus den Bergen herunter. Weil du doch nie gewollt hast, daß ich dich besuche, obwohl wir nebeneinander sitzen. Aber ich hab dich ja immer hier hereingehen sehen, neben dem Souvenirladen, und da hab ich mir gedacht, das schau ich mir mal an.«

»Ha, aus den Bergen!« rief Sara und schlug die Hände zusammen. »Auf was für Ideen du kommst! Wir sind aus San Vicente hierhergezogen, nachdem mein Vater gestorben ist. Dort hatten wir ein großes Haus mit zwölf Zimmern und drei Dienstboten!«

»Und was war dein Vater?« fragte Olga.

»Viehzüchter«, antwortete Sara, ohne mit der Wimper zu zucken. »Wir hatten eine große Finca daheim.«

»Wer verwaltet die jetzt?« fragte Olga interessiert. »Ein Pächter?«

»Ja, ein Pächter«, sagte Sara und nickte heftig.

»Also wenn ihr eine Finca habt«, meinte Olga, »dann glaub ich schon, daß mich meine Mutter zu dir läßt. Heute bin ich heimlich hier. Ich darf ihr nur nichts davon sagen, daß deine Mutter verreist ist. Wo ist sie denn? In den Staaten?«

»Ja, in den Staaten.«

»Und niemand als diese dicke Trulle da draußen kümmert sich um dich und deine Geschwister?«

»Unser Onkel, ja, unser Onkel kommt ab und zu«, beeilte sich Sara zu sagen, »und schaut, ob alles klappt. Wenn wir was brauchen, kauft er's uns.«

»Na, da sag ihm mal, daß du dringend ein paar neue Kleider und Schuhe brauchst«, sagte Olga spitz. »*Ich* dürfte nicht so herumlaufen, auch nicht im Haus. Was ist denn dein Onkel?«

Sara zögerte einen Augenblick und überlegte fieberhaft.

»Kühlschrankfabrikant«, stieß sie hervor.

»Meinst du etwa den Sotomayor?« fragte Olga überrascht.

Sara spürte, daß sie feuerrot wurde, aber sie nickte heftig.

»Donnerwetter«, sagte Olga tief beeindruckt. »Mit dem bist

du wirklich verwandt? Warum hast du das nicht früher gesagt? Da wäre ich erst gar nicht auf so dumme Gedanken gekommen. Entschuldige. Ja, wenn die Dienstmädchen den Haushalt führen, geht's meistens drunter und drüber.«

Eine Viertelstunde später flatterte Olga wieder davon, nicht ohne Sara zu sich nach Hause eingeladen zu haben.

»Laß dir aber erst von deinem Onkel ein neues Kleid kaufen«, rief sie über die Schulter zurück und eilte durch den langen Flur, ohne Mama Soto, die gerade Wäsche aufhängte, auch nur eines Blickes zu würdigen. An der Tür kicherten und flüsterten die Mädchen noch eine Weile, dann lief Olga durch das Treppenhaus hinunter, und Sara kehrte in gehobener Stimmung in die Wohnung zurück.

»Ihr Vater ist Oberst«, sagte sie stolz zu Mama Soto.

»Du nichtsnutzige Kröte«, sagte Mama Soto langsam, als könne sie selber noch nicht fassen, was sie durch die halboffene Tür des Wohnzimmers gehört hatte. »Ich schäme mich, daß ich dich geboren habe. Daß du mich verleugnet hast, will ich dir noch verzeihen. Ich bin wirklich kein Stück zum Vorzeigen. Aber daß du dich mit dem Sotomayor verwandt gemacht hast, mit diesem Schakal, das verzeihe ich dir nie! Begreifst du nicht, daß man auch stolz darauf sein kann, eine Soto zu sein? Nein? Dann werde ich dir das einbläuen, du aufgeblasenes Nichts!«

Und sie klatschte Sara die nasse Wäsche um die Ohren. Sara schrie entsetzt auf und versuchte zu flüchten. Aber Mama Soto packte sie an den Haaren und schlug sie mit aller Kraft ihres starken Armes auf den Kopf, auf den Rücken, ins Gesicht, bis die Tochter sich vor den Füßen der Mutter zusammenrollte und Mama Soto mit tierischen Wutschreien über sie herfiel.

Die übrigen Sotokinder waren auf den Flur gestürzt und schauten angstvoll zu. Sie begriffen ihre Mutter nicht mehr. Was tat sie da mit Sara? Das war mehr als eine Bestrafung!

»Hör auf, Mama!« schrie Felipe und zerrte sie von Saras zuckendem Körper fort. »Du machst sie ja noch tot!«

Die Indiofrau aus den Bergen

Eine knappe Woche danach klopfte jemand an die Wohnungstür, mitten am Vormittag, als die Großen in der Schule waren. Mama Soto, die gerade in der Badewanne Wäsche wusch, schickte Dulce an die Tür.

»Vielleicht ist es jemand aus El Pantano«, meinte sie hoffnungsvoll.

Dulce kam zurück und verkündete: »Es ist eine Frau mit drei Kindern, aber ich kenn sie nicht. *Du* sollst kommen.«

Seufzend trocknete sich Mama Soto die Hände ab und ging in die Küche, um ein paar Maisfladen zu holen. Wenn es niemand aus El Pantano war, konnten es nur Bettler sein. Bettler kamen fast jeden Tag.

Die Frau an der Tür war noch jung, eine Indiofrau aus den Bergen, das sah man an ihrer Kleidung. Einen winzigen Säugling trug sie im Arm, ein etwas älteres Kind in einem Tuch auf dem Rücken, und an ihren Rock klammerte sich ein Dreijähriger. Er und die Frau waren barfuß.

»Hier«, sagte Mama Soto und reichte der Frau die Fladen. Mitleidig fuhr sie dem Jungen über den zerzausten Schopf. Und dann fiel ihr auf, daß die Frau die Tracht jener Gebirgsgegend trug, in der sie selbst geboren war.

»Woher kommst du?« fragte sie.

»Aus den Bergen«, antwortete die Indiofrau. »Brauchen Sie ein Dienstmädchen?«

»Aus welchem Dorf?« fragte Mama Soto hastig.

»Aus Turiba«, seufzte die Indiofrau erschöpft und hoffnungslos. »Ich bin zu meinem Mann heruntergekommen, der sitzt hier im Gefängnis. Aber ich hab nichts mehr zu essen für die Kinder und weiß nicht, wo ich bleiben kann in der Nacht.«

»Aus Turiba?« fragte Mama Soto überrascht. »Ich stamme aus Palenque!«

Die Fremde starrte Mama Soto ungläubig an.

»Aus Palenque?« wiederholte sie. »Dort kenne ich jeden. Aber dich kenne ich nicht.«

»Ich bin ja auch schon von dort fort, als ich sieben Jahre alt war«, sagte Mama Soto und spreizte ihre Hand über der Brust, weil ihr Herz so rasend klopfte. »Damals hast du noch nicht gelebt. Mit meinen Eltern bin ich manchmal in Turiba gewesen. Euer Dorf liegt ja nur eine halbe Stunde zu Fuß von unserem Dorf entfernt. Einmal hab ich auch ganz allein eine Ziege nach Turiba getrieben.«

»Ja, jetzt fängst du so zu sprechen an, wie wir daheim sprechen«, sagte die Indiofrau, und dann griff sie plötzlich nach Mama Sotos Arm und flüsterte eindringlich: »Gib mir ein paar Löffel Suppe, ich bitte dich. Denn ich hab keine Milch mehr in der Brust für das Kleine. Drei Tage bin ich schon hier in der Stadt, und kein Bett, kein Zimmer, keinen Herd. Nachts hab ich mit den Kindern im Park geschlafen, aber dort hat uns auch dreimal der Wächter fortgejagt. Mir würde das ja nichts ausmachen, aber die Kinder, verstehst du? Und dabei hab ich meinen Mann noch nicht einmal sehen können.« Sie brach in Tränen aus, und der Junge an ihrem Rock fing auch zu weinen an, als er das sah.

»Komm rein«, sagte Mama Soto voller Mitleid, schob die junge Frau in den Flur, nahm ihr das schlafende Kind vom Rücken, legte es in Jacintos Hängematte und führte die Fremde zum Schaukelstuhl in der Küche. In aller Eile wärmte sie einen Rest Suppe vom Vortag auf, während der Junge seiner Mutter einen Maisfladen entriß, sich niederkauerte und mit abwesendem Blick heißhungrig zu essen begann. Neugierig sahen ihm Dulce, Leonor und Carlota von der Küchentür aus zu.

»Vergelt dir's Gott«, seufzte die Indiofrau, der die Lider vor Müdigkeit fast zufielen. »Seit zwei Tagen lauf ich von Haus zu Haus und such Arbeit. Aber wenn sie die drei Kinder sehen, winken sie gleich ab.«

»Warum fährst du nicht wieder heim?« fragte Mama Soto.

»Ich hab doch kein Geld mehr«, sagte die Fremde. »Und ich

will meinen Mann sehen und mit ihm sprechen. Erst morgen ist Besuchstag –«

»Was hat er denn getan, dein Mann?«

»Wenn ich das wüßte!« jammerte die junge Frau. »Er ist mit zwei Sack Bohnen in die Stadt gefahren, im Bus, und ist nicht wiedergekommen. Er wollte nur die Bohnen auf dem Markt verkaufen und eine neue Machete kaufen, aber er ist einfach nicht wiedergekommen! Ich hab das gar nicht verstehen können, und ich hab gewartet und gewartet und hab schon gedacht, er ist tot. Aber nach zwei Wochen ist ein Mann gekommen, der hat mir erzählt, er käme geradewegs aus dem Gefängnis, und dort habe er mit meinem Mann gesprochen. Der habe ihm aufgetragen, mir Nachricht zu geben. Der Mann hat mir die Adresse gesagt, und ich hab sie mir fest eingeprägt: Im Torremolino-Gefängnis ist er, Zelle Nummer dreihundertsechzehn. Er sei gesund, aber es gäbe nicht viel zu essen.

Da hab ich die Kinder genommen und bin auch mit dem Bus in die Stadt gefahren. Ich kann ihn doch hier nicht so allein lassen! Und zu essen hab ich für ihn mitgenommen, soviel ich tragen konnte außer den zwei Kindern. Aber in den drei Tagen, die wir jetzt schon hier in der Stadt sind, haben wir das ganze Essen aufessen müssen, was doch eigentlich für ihn bestimmt war, und jetzt hab ich nichts mehr für ihn, außer daß ich ihm die Kinder zeigen und ihn trösten kann –«

Sie weinte laut auf und verbarg ihr Gesicht im Tragetuch.

»Wenn ich hier in der Stadt eine Arbeit fände«, schluchzte sie, »dann könnte ich meinen Mann an jedem Besuchstag sehen, und dann wäre es leichter für ihn. Ich würde so lange hierbleiben, bis er wieder herauskäme. Daheim sind noch die Eltern meines Mannes, sie halten die Felder instand, bis wir wiederkommen. Sie haben mir zugeredet, daß ich hierherfahren solle. Sie haben gesagt, so allein in der Stadt würde er vor Traurigkeit zugrunde gehen. Aber sie haben mir kein Geld mitgeben können, weil sie selber keins haben –«

»Iß erst mal«, sagte Mama Soto, schob den Tisch neben den

Schaukelstuhl, stellte einen Teller voll dampfender Suppe vor die Frau, legte einen Löffel daneben und nahm ihr den Säugling ab. Die Frau verstummte und löffelte die Suppe, tief über den Teller gebeugt. Als sie fertig war, erhob sie sich unsicher und seufzte:

»Danke schön, Schwesterchen. Jetzt geh ich wieder. Wenn doch die Leute begreifen würden, daß ich arbeiten kann wie ein Mann. Ich kann kochen und waschen und umgraben und Kinder hüten. Ich würde nicht die ganze Zeit bei meinen eigenen Kindern hocken. Der Carlos ist drei, der kann schon auf die Geschwister aufpassen, er kann mich rufen, wenn irgendwas passiert. Wenn ich wenigstens einen Verschlag hätte, wo ich bleiben kann, und ein bißchen Lohn – oder auch nur das Essen für mich und die Kinder –«

»Du brauchst dir nicht viel Hoffnung zu machen«, sagte Mama Soto. »Hier ist einer dem andern egal. Hier kannst du krepieren, und die Nachbarn jenseits der Zimmerwand interessiert das nicht einen Kümmel! Jeder kümmert sich nur um sich selber. Das ist ein mörderisches Leben, kann ich dir sagen. Glaub mir, ich wär auch nicht hier, wenn ich nicht müßte. Ich hasse die Stadt und die Art, wie man hier lebt, und wenn ich könnte, wie ich wollte, würde ich lieber heute als morgen wieder heimgehen auf meinen Hügel –«

Und dann erzählte sie die ganze lange Geschichte ihres Weges vom Ziegenhügel in die Stadt, während die Frau aus den Bergen den Säugling stillte und der kleine Junge in seiner Ecke satt und zufrieden einschlief.

»Pfui über die Reichen«, rief die Junge immer wieder.

»Ja, du sagst es«, antwortete die Ältere. »Eine Geißel der Menschheit, die Reichen! Ah, wie gut es tut, sich einmal Luft zu machen! Die Kinder hören mir nicht mehr zu, wenn ich über die Reichen schimpfe. Sie wissen schon im voraus, was ich sage –«

»Ich könnte dir immer zuhören«, sagte die junge Frau leise. »Es ist dein Herz, das spricht. Aber ich muß ja weiter –«

»Bleib noch eine Weile«, bat Mama Soto. »Du kannst doch deine Kinder jetzt nicht aus dem Schlaf reißen.«

Als Sara aus der Schule heimkam, empfing Mama Soto sie in Hochstimmung.

»Besuch ist gekommen«, erklärte sie. »Stell dir vor: eine Frau aus der Nachbarschaft des Dorfes, in dem ich geboren bin. Sie kennt viele Leute, an die ich mich auch noch erinnern kann. Sie wird vorläufig bei uns wohnen mit ihren drei Kindern.«

Diese Nachricht verschlug Sara den Atem. »Wo sollen diese Leute denn schlafen?« fragte sie finster.

»Na, wo denn sonst als im Wohnzimmer?« fragte Mama Soto.

»Im Salon?« stammelte Sara bestürzt. »Wo soll ich jetzt Olga hinführen, wenn sie mich besuchen kommt?«

»Führ sie zur Hölle, das eingebildete Ding!« rief Mama Soto wütend.

»Tu sie raus aus dem Salon, bitte«, flüsterte Sara und umarmte ihre Mutter stürmisch. »Tu sie, wohin du willst, nur nicht in den Salon. Wie kann ich vor den anderen bestehen, wenn ich keinen Salon daheim hab?«

»Nichts da«, antwortete Mama Soto barsch. »Das Wohnzimmer steht sowieso immer leer. Warum sollten wir es also nicht jemandem geben, der nicht weiß, wo er nachts für sich und seine Kinder einen Schlafplatz findet? Pilar und ihre Kinder wären verhungert, wenn ich sie nicht aufgenommen hätte. Es ist nicht ihre Schuld. Hinter ihrem Elend wird wohl auch einer von den Reichen stecken. Und auch wenn Pilar *nicht* beinahe verreckt wäre wie ein Hund, ich hätte sie doch eingeladen hierzubleiben, denn ich mag sie und brauch sie. Basta.«

Da warf ihr Sara zornig ihre Schulbücher vor die Füße und stürzte heulend vor Wut ins Schlafzimmer, wo sie sich in ihre Hängematte warf und erst gegen Abend wieder zum Vorschein kam. Mit Pilar, der jungen Frau, weigerte sie sich zu sprechen, und deren Kinder bedachte sie mit scheelen Blicken.

In der Schule aber erzählte sie ihren Mitschülerinnen, ihre Mutter habe ein zweites Dienstmädchen eingestellt.

Die weiße Villa

Ein halbes Jahr später gab es für die Leute von El Pantano etwas zu sehen und zu staunen: Mama Soto kam mit ihren sechs Kindern aus der Stadt zu Besuch.

Sie war kaum wiederzuerkennen: In einem engen, grellgelben Kleid mit weißer Spitze und goldfarbenen Pantöffelchen, unter einem breitkrempigen Hut mit Veilchenstrauß aus violettem Samt und einem bunten Sonnenschirm zwängte sie sich aus dem Bus. Am Arm hing ihr eine Einkaufstasche voller Geschenke. Und sogar Seidenstrümpfe trug sie! Wer aus El Pantano konnte sich schon Seidenstrümpfe leisten, die so vergänglich waren? Noch unerhörter war ihre Frisur: Dauerwelle, ein Turm luftiger Löckchen – nicht nur aufgerollt über dem Kamm getrocknet! Sie trug die kleine Carlota auf dem Arm, die in einem rosafarbenen, gestrickten Jäckchen und Mützchen so schwitzte, daß ihr Tropfen auf der Stupsnase standen.

Hinter Mama Soto drängten sich ihre übrigen Kinder aus dem Bus: erst Sara, ganz in weiß mit Hütchen und Täschchen, danach die beiden Jungen mit Pomade im sauber gescheitelten Haar. Auch ihnen standen Schweißtropfen im Gesicht, denn die Krawatten schnürten ihnen die Hälse ein. Außerdem schleppten sie ebenfalls Taschen mit Geschenken. Sie bewegten sich vorsichtig, um die langen weißen Hosen nicht zu beschmutzen. Die beiden kleinen Mädchen sahen wie Rüschenwölkchen aus: rosa die eine, hellblau die andere, mit Schleifen im Haar und weißen Sandalen an den Füßen, und jedes von ihnen trug ein perlenbesticktes Täschchen.

Die Dorfkinder, die zufällig an der Haltestelle gewesen waren, als der Bus hielt, schossen nach allen Richtungen davon und verkündeten dem ganzen Ort die Ankunft der Sotos. Die wanderten nun langsam durch den Staub der Dorfpfade zu Onkel Panchos Hütte.

Von allen Seiten kamen Frauen auf sie zugelaufen, umarmten und küßten sie und überschütteten sie mit Fragen. Der Schwarm der Kinder, die hinter den Sotos herzogen, wurde immer größer.

»Ja«, sagte Mama Soto und rückte ihren Hut, der bei den Umarmungen störte, immer wieder zurecht, »hier sind wir alle miteinander und alle gesund. Wie ihr seht, geht es uns gut. Wir können nicht klagen.«

Die Bekannten und Verwandten umdrängten sie und befühlten den Stoff ihres Kleides. Sie roch betörend nach Flieder, und ihre Wangen waren gepudert. Sie war jetzt was Besseres geworden, das konnte jeder sehen.

»Sei willkommen«, rief Tante Emilia, als der Zug Onkel Panchos Hütte erreicht hatte. »Wir haben lange auf deinen Besuch gewartet. Ich sehe, du hast dich nun ins Stadtleben hineingefunden. Du wirst dich hier nicht mehr wohl fühlen, fürchte ich. Denn was wir dir bieten können, ist nur bescheiden.«

»Aber Tante«, sagte Mama Soto gerührt, umarmte sie und küßte sie auf beide Wangen, wobei sie einen Teil ihres Puders weitergab, »kannst du dir nicht vorstellen, wie sehr ich mich auf diesen Besuch gefreut hab?«

»Aber der Ziegenhügel«, sagte die Tante leise. »Wird er dir nicht weh tun?«

»Gewiß wird er mir weh tun«, antwortete Mama Soto. »Ich hab ihn schon aus dem Busfenster angestarrt und werde ihn anstarren, solange ich hier bin, bis ich mich an den Schmerz gewöhnt hab. Ja, wir haben uns wohl oder übel in der Stadt zurechtgefunden, aber eigentlich sind wir doch nur hier zu Hause.«

»Würdest du wirklich lieber wieder auf den Ziegenhügel zurückkehren?« fragte eine Frau erstaunt. »Trotz all dem Reichtum, in dem du jetzt lebst?«

Noch ehe Mama Soto den Mund öffnen konnte, rief Sara: »Nein, niemals! Was hatten wir denn hier schon für ein Leben? Jetzt gehe ich in die Schule und habe schon eine Kreuzstichdekke ausgestickt. Hier habe ich mich immer nur um die Ziegen und die Geschwister kümmern müssen –«

»Sei du doch still mit deinem dummen Gerede«, brauste Mama Soto auf. »Was weißt denn du schon vom Leben? Du hast mich beschwatzt, bis ich in diesem Aufzug hierhergekommen bin, und hast gemacht, daß ich fast schon selber dran geglaubt hab, ich müßte jetzt so aussehen. Aber wo ich jetzt hier bin, sehe ich, daß ich mich doch nicht dafür eigne, reich zu sein. Ich würde sofort wieder auf den Ziegenhügel zurückkehren, jawohl, ich kann mir nicht helfen, er ist der schönste Fleck der Welt! Er hat eine Menge Himmel und Erde zu bieten, richtige Erde, aus der sich nach jedem Regen grüne Triebe schieben, und richtigen Himmel mit Wolken, Vögeln und Sonne. Gewiß, wir können uns kaufen, was wir wollen. Das ist aber auch alles –«

»Aber das ist es doch gerade, was sich unsereiner bei der ewigen Geldknappheit wünscht«, rief die Schwägerin Rebeca. »Sich nur ein einziges Mal alle Wünsche erfüllen zu können. Von Laden zu Laden zu wandern und kaufen zu können, was einem gefällt –«

»Aber das Wünsche-Erfüllen, das allein macht nicht zufrieden«, sagte Mama Soto. »Das füllt einem das Herz nur mit Schaum, und der Hunger bleibt«.

Allmählich versammelte sich die ganze Soto-Sippe rund um Mama Soto in Tante Emilias Gärtchen und lauschte ihrem Bericht vom Leben in der Stadt.

Inzwischen hatten sich die Kinder ins Dorf verzogen.

»Ist es schön in der Schule?« fragte ein kleiner Soto-Verwandter.

»Scheußlich«, antwortete Jacinto. »Man darf dort nicht mal die Nase hochziehen. Man muß immer in Kleidern in die Schule gehen, bei der Hitze, und man darf sie noch nicht mal schmutzig machen. Man wird ganz steif vor Vornehmheit.«

»Aber das Lernen ist schön«, sagte Felipe. »Ich weiß jetzt viel mehr als früher, und ich kann alles lesen, was mir vor die Augen kommt. Ich hab schon fünf Hefte vollgeschrieben.«

»Als wir noch hier daheim waren, konnten wir uns im Dreck wälzen, sooft wir Lust darauf hatten«, seufzte Jacinto.

»In der Stadt gibt es ja keinen solchen sauberen Dreck wie hier, in dem du dich wälzen könntest«, sagte Felipe zu ihm. »Da liegt höchstens Müll herum. Wenn's hier nur eine Schule gäbe –«

Sara aber verzog den Mund und sagte zu ihren ehemaligen Freundinnen: »Ich könnte mich jetzt nie mehr hier wohlfühlen, so schmutzig und barfuß. Und hier ist ja auch nichts los. Hier bleibt man dumm. Ihr glaubt gar nicht, was ich in der Stadt schon alles kennengelernt habe. Es gibt kaum etwas, was ich noch nicht kenne. Ein Junge ist in mich verschossen, der heißt Eduardo. Seine Eltern haben eine Metzgerei. Zwei Schaufenster, und alles gekachelt. Wenn der mich heiratet, werde ich nur noch im Wagen ausfahren, und mein Brautkleid wird ganz aus Tüll und Spitze sein, wie die Bräute in den Filmen sie tragen. Einen Fernseher haben wir natürlich auch. Ich hab so lange gequengelt, bis die Mama einen angeschafft hat. Wie langweilig ist ein Leben ohne Fernseher!«

Die Mädchen vonEl Pantano hielten den Atem an vor solcher Vornehmheit. Sie rückten von Sara weg, um sie nicht zu beschmutzen, und Sara achtete selbst darauf, daß ihr kein Stäubchen zu nahe kam.

Ihre kleinen Schwestern aber gaben nicht acht auf ihre Kleider. Sie tobten in einem Schwarm gleichaltriger Kinder durchs Dorf und kugelten in den Mulden herum, die der letzte Regen zurückgelassen hatte. Sie warfen sich vor jedem Ziegenlamm, jedem Ferkel auf den Boden und streichelten und küßten es. Hier konnten sie ohne Aufsicht im Dorf herumtollen, brauchten sich nicht ständig nach Autos umzuschauen und hatten keinen Asphalt unter den Füßen. Und schon streiften sie ihre weißen Socken und Sandalen ab und liefen barfuß, und eine Weile später kauerten sie nackt in einem Gärtchen und spielten im Sand.

Felipe und Jacinto zog es zum Ziegenhügel hin. Mit einer Schar anderer Jungen blieben sie vor dem Tor stehen, das die einzige Öffnung in dem hohen Maschendrahtzaun bildete. Es war ein sehr breites, eisernes Gittertor mit einem Haupt- und einem Nebeneingang. Es war so hoch, daß niemand es überklettern konnte, und auf dem Torbogen stand VILLA BELLAVISTA in großen, vergoldeten Buchstaben. Eine Reihe von Mülltonnen blinkte neben der Einfahrt. Aus einem Häuschen spähte ein alter Torhüter argwöhnisch herüber.

»Jetzt führt ja eine richtige breite Straße hier rauf«, sagte Jacinto staunend.

»Laßt uns hinaufgehen und sehen, wie's auf der Kuppe aussieht«, meinte Felipe.

Und schon steuerte er auf das Tor zu.

»Macht euch davon, verdammte Bande!« krächzte der Torhüter und drohte mit der Faust.

»Der schläft nie«, sagte einer der Jungen. »Der ist schärfer als ein Wachhund. Wenn Besuch zu den Sotomayors kommt, ruft er erst oben an, ob er ihn hereinlassen soll.«

»Probieren wir's doch auf der andern Seite«, sagte Jacinto, »bei dem alten Einschlupf im Bambusgestrüpp.«

»Dort geht's auch nicht mehr«, erklärte ein Junge. »Er hat den ganzen Hügel einzäunen lassen, und auf dem Zaun laufen noch drei Reihen Stacheldraht ringsrum. Da kommt man nicht so leicht rüber. Gehen wir auf den Friedhofsweg. Von dort kann man die Villa liegen sehen.«

Mama Soto hatte ihre Pantöffelchen abgestreift.

»Sogar *diese* Dinger drücken mich«, seufzte sie.

Sie saß auf der alten Gartenbank. Rings um ihre Füße scharrten Hühner. Auf dem Hüttendach gurrten Tauben. Ein weißer Hund unbestimmter Rasse legte seine Schnauze auf das Knie des Onkels, der neben ihr saß.

»Ja, es ist schon ein großartiger Bau dort oben«, sagte er. »Daran ist nicht gespart worden. Da gibt es Telefon und drei Garagen und ich weiß nicht wie viele Zimmer und Balkons und Badezimmer, in denen man sich längelang in heißes Wasser legen kann. Und dazu noch ein richtiges Schwimmbad neben dem Haus, aus dem der Gärtner jedes einzelne Blatt herausfischt, das von den Bäumen hineinsegelt. Schau dir die riesige Fernsehantenne auf dem Dach an, den Steingarten auf dem Hang, den Dienstbotenflügel, die Terrasse mit dem offenen Kamin und alle die Lampen! Nachts ist das ganze Haus von außen beleuchtet, und auch die Lampen im Garten brennen bis um Mitternacht. Das alles nur für sechs Personen: den Sotomayor, seine Frau, seine beiden Kinder, die noch keine fünf Jahre alt sind, und seine alten Eltern. Diese sechs Sotomayors lassen sich bedienen von drei Gärtnern, einem Torhüter, einem Chauffeur, einer Köchin, einem Hausmeister, zwei Dienstmädchen, einem Kindermädchen, einem Nachtwächter und einer Wäscherin. Sag du mir: Wo bleibt da die Gerechtigkeit?«

»Er hat den alten verkrüppelten Eukalyptusbaum wegmachen lassen, auf dem die Kinder immer herumgeklettert sind«, seufzte Mama Soto und blinzelte zum Hügel hinauf. »Wie konnte er so herzlos sein?«

»Dem einen knurrt der Magen vor Hunger, und er hat keine Aussicht, jemals satt zu werden«, spann der Onkel seinen Gedanken weiter, »während der andere sich vorn und hinten bedienen läßt und nicht weiß, wie er sein Geld loswerden soll. Für solche Unterschiede müßte es doch einen Ausgleich geben – zum Beispiel, daß denen dort oben der Blitz einschlägt oder daß sie alle mit Krankheit geschlagen werden oder daß ihre Kinder schwachsinnig sind. Aber nein, die Kinder sind hübsch und klug, der Blitz schlägt irgendwo anders ein, die ganze Familie ist seltener krank als wir, und hat einer von ihnen mal ein Wehwehchen, kommt gleich der Arzt. Ich glaube nicht mehr an irgendeine Gerechtigkeit.«

Onkel Pancho hörte nicht, was die anderen sagten. Er redete sich in Wut.

»Glaubst du vielleicht, der Sotomayor hätte unserm Dorf irgendwas gestiftet? Im Gegenteil. Er hat sich beschwert über das Hundegebell im Dorf und das Krähen der Hähne in der Frühe. Seine Frau würde dadurch im Schlaf gestört. Nicht einmal seine Dienerschaft hat er sich aus unserm Dorf geholt, wo es hier doch so viele Arbeitslose gibt. Nein, er hat sich seine Leute mitgebracht. Dabei können unsere Frauen ebensogut putzen, Kinder hüten und kochen. Wir hätten so gern ein bißchen Geld von dort oben herunterfließen sehen. Aber der Herr Sotomayor soll einmal gesagt haben: ›Der einzige Schönheitsfehler dieses Hügels ist das Dorf, das darunterliegt.‹ Was sagst du dazu, Rosalba?«

Mit einem bitteren Lachen starrte Mama Soto zu der Villa hinauf.

»Man kann's auch umgekehrt sehen«, sagte Arturo. »So, wie der Hügel jetzt aussieht, mit den fremdländischen Bäumen und Büschen und dem Steingarten und den Kieswegen und der protzigen Villa, paßt er nicht mehr zum Dorf. Er *gehört* nicht mehr zum Dorf. Wenn der Zaun niemanden aus dem Dorf mehr durchläßt, dann hat sich der Hügel selber ausgeschlossen.«

»Ich vergeb's ihm nie, was er uns angetan hat«, sagte Mama Soto hart, »mir und den Kindern. Er hat mir nur den halben Preis von dem gezahlt, was der Hügel wert war, und ich wette, er hält sich jetzt noch für einen guten Menschen, weil er mir überhaupt etwas gezahlt hat. Ich träume von ihm. Ich wache mitten in der Nacht auf und kann nicht mehr einschlafen, weil ich an den Ziegenhügel denke. Der Sotomayor hat mir meine Ruhe genommen. Er hat mich unzufrieden gemacht –»

»Jetzt mach aber mal einen Punkt«, rief Maria Estela. »Alle aus dem Dorf beneiden dich, und du bist unzufrieden!«

»Das verstehst du nicht«, sagte Mama Soto müde.

Die Tante zog sich an den Herd zurück und begann Maistaschen zu backen.

»Ja, ja«, seufzte Onkel Pancho, »die Zeiten werden immer schlechter. Immer mehr Leute kommen aus den Bergen herunter, die meisten von ihnen mit Scharen von Kindern, lassen sich hier in der Nähe der Stadt nieder und finden keine Arbeit. Immer mehr Kinder kauern am Straßenrand und betteln.«

»Wenn sie nur betteln würden«, meinte Maria Estela. »Sie stehlen. Sie kommen zu viert und fünft in unseren Laden und verlangen irgendwas, was wir nicht haben, und währenddessen greifen die anderen heimlich in die Regale.«

»Kannst du's ihnen verdenken?« fragte die Tante vom Herd herüber. »Sie sind ja halb verhungert.«

»In der Stadt sitzen auch Bettler an allen Ecken«, sagte Mama Soto. »Und die Frauen aus dem Gebirge wandern von Tür zu Tür und bieten sich als Dienstmädchen an. Ich hab eine zu mir genommen. Sie ist allein und hat drei kleine Kinder.«

»Jetzt hast du also auch ein Dienstmädchen«, hauchte die junge Nichte Elena ehrfürchtig.

»Nein«, sagte Mama Soto, »so ist das nicht. Ich behandle sie nicht wie ein Dienstmädchen. Sie ist meine Freundin. Sie hilft mir, und ich gebe ihr und den Kindern zu essen. Zu zweit kommt man leichter gegen die Stadt an.«

»Warum kommst du nicht hierher nach El Pantano zurück, wenn dir die Stadt so zuwider ist?« fragte Rebeca. »Du mit deinem vielen Geld könntest doch hier draußen eine Hütte bauen lassen, und dann wärst du wieder bei uns.«

»Dazu ist es zu spät«, antwortete Mama Soto traurig. »Ich würde Sara verlieren. Sara ist versessen auf das Stadtleben.

Ich müßte die Jungen ja auch wieder aus der Schule nehmen, wo sie so einen Spaß am Lernen haben. Nein, jetzt muß schon alles bleiben, wie es ist.«

Gegen Abend, nach einem gemeinsamen Essen, zwängte sie sich wieder in ihre Pantöffelchen und hob Carlota aus dem Sand.

Es wurde ein langer Abschied. Das halbe Dorf geleitete sie und die Kinder zur Bushaltestelle. Sie hatten üppige Geschenke erhalten, die sie kaum schleppen konnten: Eier und Ziegenkäse, Trockenfleisch und Suppengrün, und Sara hatte sich herabgelassen, den Nelkenstrauß zu tragen, den Josefina, Mama Sotos Freundin, aus ihrem Gärtchen geschnitten hatte.

»Gott sei dir gnädig, du Gute«, sagten die Frauen, denen sie damals beim Festmahl auf dem Ziegenhügel Geld geschenkt hatte, »du hast ein Leben in Glück und Zufriedenheit verdient. Unsere Geschenke sind nicht der Rede wert. Sie können sich mit den deinigen nicht messen. Sie sollen nur ein kleiner Dank sein für alles, was du uns Gutes getan hast.«

Sara, das einzige der Sotokinder, das noch fast ebenso sauber war wie bei der Ankunft, bestieg den Bus zuerst und drehte sich nicht einmal mehr um. Die beiden Jungen aber winkten heftig. Ihre Hemden waren zerknittert und beschmutzt, ihre Hosen verstaubt, und die Krawatten hatten sie in die Hosentaschen geknüllt. Noch schlimmer sahen die beiden kleinen Mädchen aus: Die Rüschenwölkchen hatten sich in Staubwedel verwandelt. Ihre verschmierten Gesichter glänzten vor Zufriedenheit.

»Kommt bald wieder!« riefen die Kinder von El Pantano.

»Vergeßt mich nicht«, rief Mama Soto aus dem Fenster, als sich der Bus schon in Bewegung setzte. »Ich bitte euch, vergeßt mich nicht, sonst fühle ich mich verloren. Besucht mich!«

Das letzte, was die Leute für lange Zeit von den Ziegenhügel-Sotos sahen, war Mama Sotos aufgetürmte Frisur, die sich im Fahrtwind in lauter kleine Löckchen auflöste. Die umgaben Mama Sotos Kopf, der sich weit aus dem Busfenster reckte, wie ein Kranz. Der Hut schützte die Frisur nicht mehr: Mama Soto hatte ihn Elena, der jungen Nichte, geschenkt, die ihn so sehr bewundert hatte.

Das letzte, was Mama Soto von El Pantano sah, war die weiße Villa auf dem Ziegenhügel. Sie leuchtete weithin. Schließlich verschwand sie in der Staubwolke, die der Bus aufwirbelte.

Der Bettler

Mama Soto ging jeden Morgen einkaufen. Sie schickte nicht Pilar. Die ließ sich übers Ohr hauen, wie sich schon mehrmals gezeigt hatte. Nein, sie selbst wollte die frischesten Mohrrüben und Salatköpfe so billig wie möglich einkaufen, sie selbst wollte die Melonen aussuchen und den Käse beschnuppern. Denn sie kochte selbst. Sie ließ niemand anderen an die Töpfe. Sie war stolz auf ihre Braten, ihre Suppen, ihre Maisfladen und Maistaschen. Und Pilar unterwarf sich ihrer Herrschaft in der Küche, ohne aufzumucken. Sie putzte nur die Yuccawurzeln oder Mohrrüben, wenn die Zeit drängte, und übernahm es, die drei kleinen Soto-Mädchen von der Küche fernzuhalten. Außerdem wusch sie die Wäsche aller Sotos mit und hielt die Wohnung sauber. Und wenn Mama Soto einkaufen ging, hütete sie die Kinder daheim.

Pilar versuchte, sich für das Essen und den Schlafplatz nützlich zu machen, wann immer sie konnte, und las Mama Soto jeden Wunsch von den Augen ab. Sie wollte ja nicht lästig fallen, nur *das* nicht, und sie war rührend dankbar dafür, daß Mama Soto es ihr ermöglichte, in der Nähe ihres Mannes zu sein und ihn einmal in der Woche besuchen zu können.

Aber auch Mama Soto war froh, daß sie Pilar bei sich hatte. Sie saßen zusammen in der Küche und plauderten, erzählten einander ihre Sehnsüchte und bösen Träume, vertrauten einander ihre Kümmernisse an und hörten einander zu. Seit Pilar da war, ertrug Mama Soto die Stadt gelassener. Nur, was Sara betraf, so konnte Pilar auch nicht helfen. Sara war zu Mama Sotos Himmel und Hölle geworden.

Inzwischen kannte Mama Soto schon ein paar Leute in der Stadt: die Verkäuferin im Milchladen zum Beispiel, die sich immer nach ihren Kindern erkundigte, und den Mann vom Gemüsestand, der jeden Morgen in aller Frühe mit einem uralten Lieferwagen vom Stadtrand auf den kleinen Platz kam, der zwei Blocks von der Soto'schen Wohnung entfernt an die Calle San Benito grenzte, und in einer leeren Garage, die er gemietet hatte, die Früchte seines Gartens und seiner Felder anbot. Während eines Platzregens war sie einmal in seine Garage geflüchtet und hatte ihm die Geschichte ihres Ziegenhügels anvertraut. Seitdem lächelte er ihr schon entgegen, wenn sie kam. Er konnte ihr nachfühlen, was sie verloren hatte. Dafür wurde sie seine treueste Kundin und freute sich jeden Tag auf den Einkauf bei ihm. Aber als sie ihn und seine Familie in ihre Wohnung zu ihren Maistaschen einladen wollte, lehnte er ab.

»Ich lebe zwar von der Stadt«, sagte er, »aber ich bin froh, wenn ich daheim sein kann und nichts von ihr sehe.«

Mama Soto aber hatte noch einen anderen Bekannten. Ihm begegnete sie tagtäglich vor der Kirche, an der sie auf dem Weg zum Gemüsestand vorübergehen mußte. Ein paar Stufen führten zu ihrem Portal hinauf. Auf der letzten, der obersten Stufe gleich neben dem Portal saß er: ein Bettler, ein alter Mann in Lumpen. Ein Bein hatte er untergeschlagen, das andere, dick umwickelt mit schmutzigen Tüchern und Sackleinwand, pflegte er steif ausgestreckt über die Kanten der Stufen zu legen. Auf dem Kopf trug er einen ausgefransten Strohhut. Jedesmal, wenn die Leute zur Messe in die Kirche strömten, sang er Choräle und tat sehr feierlich, und ebenso fromm zeigte er sich, wenn die Kirchgänger wieder über die

Stufen herabkamen. Zwischen den Messen aber sang er freche Matrosensongs, Kinderlieder und Moritaten und hielt die Stange mit dem Körbchen jedem Passanten, jedem Kirchenbesucher vor, den er so von seinem Platz aus erreichen konnte. Es war schwierig, diesem Körbchen zu entgehen. Es schnellte aus dem Hintergrund wie der Kopf einer Giftschlange, die zubeißen will. Viele schoben es ungehalten beiseite, andere wichen ihm aus, wieder andere taten, als sähen sie ihn nicht, den kleinen Korb, in dem ein paar Münzen klimperten. Mama Soto aber ließ, wenn sie auf dem Weg zum Gemüsestand war, immer einen halben Real hineinfallen. Darauf ertönte von den Stufen herab: »Möge Ihnen Gott als Dank für Ihre Güte alle Ihre Wünsche erfüllen!« Den gleichen Spruch, der ihr viel bedeutete, erntete sie, wenn sie auf dem Rückweg vom Gemüsestand eine Orange oder eine Banane in den Korb legte.

Eines Morgens vermißte ihn Mama Soto. Sie blieb erschrokken stehen und musterte die übrigen Bettler genau. Nein, nein, er war nicht darunter, und auch sein Stab mit dem Körbchen lehnte nicht am Portal. Sie ging die Stufen hinauf und spähte ins Innere der Kirche. Der große halbdunkle Raum war leer. Enttäuscht kehrte sie aus der Kirchenkühle in die Sonne zurück.

»Suchen Sie das alte Steifbein?« fragte eine Bettlerin. »Der ist heute nicht gekommen. Der hat gestern schon gejammert über Bauchweh und Übelkeit. Wahrscheinlich hat ihn heute nacht der Teufel geholt. Seien Sie so gut und geben Sie mir, was Sie ihm geben wollten. Ich lebe nicht allein wie er. Ich hab drei Kinder zu versorgen, hören Sie? Er hat es gar nicht nötig gehabt zu betteln, er war ja nur alt, sonst nichts, aber ich hab Kinder! Ich bin Witwe! Bitte, tun Sie's um der Kinder willen!«

Mama Soto gab ihr einen ganzen Real, aber erst, nachdem sie aus ihr herausgefragt hatte, wo sich der Alte nachts aufhielt. Zusammen mit Pilar suchte und fand sie einen Rohbau und durchstöberte angeekelt die offenen Kellerräume, in denen noch andere Obdachlose hausten. Im Halbdunkel quäkte ein

Säugling, ein paar Kinder huschten herum, eine alte Frau bettelte Pilar an. Hier unten stank es nach Moder und Urin. Ein Türloch war mit Stoffetzen zugehängt, ein Bretterverschlag grenzte zwei Wohnräume voneinander ab. Vor Mama Sotos Füßen floh eine Ratte ins nächste Loch. Der Betonboden war lehmverschmiert und von Unrat bedeckt.

Schließlich entdeckten sie den Alten. Sein Stab lehnte neben ihm an der Wand. Er lag auf einer schmutzigen Matratze und hatte sich den schwarzrotkarierten Fetzen, den er sonst um sein Bein gewickelt trug, über den Kopf gebreitet. Mama Soto schob das Tuch weg und beugte sich über ihn. Sie sah auf den ersten Blick, daß der Mann krank war. Er erkannte sie sofort.

»Ich bitte um Entschuldigung, daß ich nicht auf meinem Platz war, als Sie heute kamen –«, murmelte er und blinzelte sie unsicher an.

»Sie können so nicht hierbleiben«, sagte Mama Soto. »Ich werde Sie zu mir nach Hause nehmen.«

»Möge Ihnen Gott als Dank für Ihre Güte alle Ihre Wünsche erfüllen«, schnarrte er herunter, dann fügte er zögernd hinzu: »Aber ich werde Gestank in Ihre Wohnung bringen –«

»Ach, was«, sagte Mama Soto. »Bleib du bei ihm, Pilar, bis ich zurück bin.«

Mama Soto hatte in diesem einen Jahr, das sie nun schon in der Stadt lebte, viel gelernt von dem, was Städtern selbstverständlich ist. Sie wußte, was Ampeln und Zebrastreifen bedeuten, begriff das Nummernsystem der Buslinien und hatte sich von Felipe erklären lassen, was Taxis sind und wie man sie erkennt. Trotzdem saß ihr das Mißtrauen gegen all das technische Großgetue, wie sie es nannte, noch tief in den Knochen.

»Solchem Zeug ist man einfach ausgeliefert«, meinte sie. »Es macht mit dir, was es will.«

Und so nahm sie auch kein Taxi, um den Alten heimzuschaffen, sondern einen der Eselskarren, die durch die Stadt fuhren und ihre Dienste anboten. Es gab nicht mehr viele von ihnen, aber nicht weit vom Rohbau entfernt kam gerade einer an Mama Soto vorüber, und sie dirigierte ihn vor das verwahrloste Grundstück, auf dem der Rohbau stand. Der Alte konnte kaum auf den Beinen stehen. Zu zweit schafften sie ihn aus dem Keller. Sie schleppten ihn mehr, als daß sie ihn führten.

»Mein Stab!« schrie er auf, als sie bei dem Eselskarren ankamen. »Und mein Korb! Was mach' ich ohne die –«

Der Besitzer des Eselskarrens faßte mit an, während Pilar zurück in den Keller lief, um Stab und Korb zu holen. Dann rumpelte der Karren los, ohne Federung, ohne Kissen, und der Alte, der nicht einmal mehr sitzen konnte, klammerte sich an die Sprossenwand und rumpelte mit.

Der Mann ließ sich die Fahrt gut bezahlen, denn der Alte hatte den Karren beschmutzt. Es war wirklich so: Der Alte brachte Gestank in die Wohnung.

Sara war empört. Sie überhäufte ihre Mutter mit Vorwürfen. »Du erledigst mich!« schrie sie. »Als was soll ich diesen stinkenden Kerl da ausgeben? Etwa als Hausknecht? Das nimmt mir niemand ab. Oder vielleicht als meinen Großvater? Pfui Teufel! Ich muß mir jetzt einen Grund ausdenken, weshalb mich niemand mehr von meinen Klassenkameradinnen besuchen kann. Du zwingst mich zu immer mehr Lügen!«

»Dann sag doch die Wahrheit«, antwortete Mama Soto. »Ich hab den Alten aus seinem Loch geholt, weil er dort gestorben wäre. Ist das etwa eine Untat? Etwas, das das Tageslicht scheuen müßte?«

»Was weißt denn du, worauf es in der Schule ankommt«, schrie Sara. »Bei Lehrern wie bei Schülern zählt nur das, was wir haben. Kannst du das noch immer nicht begreifen?«

»Aber du bekommst doch alles, was du für die Schule brauchst«, sagte Mama Soto zornig. »Wenn du ein neues Buch haben mußt, dann geb ich dir das Geld dafür, und bei dem schwarzen Turnanzug neulich hab ich auch nicht mit der Wimper gezuckt, als er so teuer war.«

»Als ob's nur um *das* ginge«, schluchzte Sara. »Vor mir sitzt eine Generalstochter, und der Vater von der, die ich neben mir habe, hat ein Pelzgeschäft. Du kannst dir nicht vorstellen, was die von daheim erzählen. Ich werde immer stiller. Und wenn sie mich fragen, muß ich lügen, lügen, lügen. Anders kann ich nicht vor ihnen bestehen.«

»Dann werde ich dich in eine andere Schule tun, wo sie nicht so hochgestochen sind«, sagte Mama Soto entschlossen. »In eine Schule, wo du unter unseresgleichen bist.«

»Nein!« schrie Sara auf. »Unter unseresgleichen? Wenn du das tust, dann lauf ich davon!«

Das zu riskieren, wagte Mama Soto nicht, denn Sara war imstande, ihre Drohung wahr zu machen. Andererseits dachte Mama Soto nicht daran, den Alten wieder in sein Loch zurückzuschicken. Sie hob ihn, zusammen mit Pilar, in die Wanne, wusch ihn, stutzte sein Haar und kaufte ihm Medizin gegen den Durchfall und besorgte ihm Unterwäsche, Hemd und Hose und ein Paar Sandalen. Sie hängte ihm in einer Ecke des geräumigen Flurs eine neue Hängematte auf.

Da hing er also und kam bei Mama Sotos Suppen und Maisfladen wieder langsam zu Kräften. Während der ersten Tage zeigte er sich noch recht verstört über das, was ihm hier widerfuhr, aber allmählich begriff er, daß ihn ein mächtiges Glück in Mama Sotos Wohnung und Obhut geweht hatte. Er wurde gesprächig und freundete sich mit den kleinen Sotos und Pilars Kindern an, und es zeigte sich zum Vergnügen aller, daß er großartig erzählen konnte und eine Unzahl von Geschichten, wahren und erfundenen, vorrätig hatte. Nur Sara tat, als sei er Luft, und schnupperte mit gekrauster Nase, wenn sie an seiner Hängematte vorübergehen mußte – obwohl er längst nicht mehr stank.

»Möge Ihnen Gott als Dank für Ihre Güte alle Ihre Wünsche erfüllen«, schnarrte er jedesmal, wenn sich Mama Soto nach seinem Befinden erkundigte, und dann fügte er hinzu: »Ich bin hier ins himmlische Paradies geraten, ohne vorher dafür sterben zu müssen.«

Ja, er drückte sich oft ein wenig vornehm aus. Das kam davon, daß er lesen konnte. Seine Mutter hatte als Kindermädchen in einem reichen Haus gedient, und er hatte bei ihr sein dürfen. Die Herrschaft war großzügig gewesen, sie hatte auch für das Kind des Dienstmädchens das Schulgeld bezahlt. Kaum hatte er lesen können, hatte er heimlich alle Bücher, die er nur im Haus hatte finden können, von der ersten bis zur letzten Zeile durchgelesen. Als er älter geworden war, hatte er sogar selber Geschichten ausgedacht und aufgeschrieben. Aber dann war seine Mutter gestorben, und so sah die Herrschaft auch keinen Grund mehr, ihn noch weiter durchzufüttern. Er kam in ein Waisenhaus, aus dem er auf die Straße entlassen wurde, als er vierzehn Jahre alt geworden war.

»Seitdem bettle ich«, sagte der Alte. »Aber von dem erbettelten Geld habe ich immer nur einen Teil fürs Essen genommen – nur so viel, wie unbedingt nötig war. Vom Rest habe ich mir Bücher gekauft.«

Pilar und die Kinder dutzten ihn, sie nannten ihn Onkel Steifbein. Aber Mama Soto blieb bei dem »Sie«.

»Er ist kein Irgendwer«, erklärte sie den anderen. »Er ist belesen. Er ist voll von Wissen aus all den Büchern. Vor einem solchen Mann habe ich große Achtung, da bekäme ich kein ›du‹ über die Lippen.«

Schon bald beaufsichtigte er die Schulaufgaben der Kinder. Darin war er unersetzbar. Selbst Sara vermied einen Zusammenstoß mit ihm, denn auch sie brauchte ihn, wenn sie mit untadeligen Aufgaben in die Schule gehen wollte.

Fragen

Noch zweimal bekam Mama Soto Besuch aus El Pantano, bevor sie aus der Wohnung in der Calle San Benito fortzog. Das erste Mal war es wieder Maria Estela. Arturo, ihr Mann, begleitete sie. Als Geschenk brachten sie einen großen Korb voll Eier mit, dazu einen Fünfkilosack voll Maismehl.

»Das Mehl ist von uns«, sagten sie. »Die Eier schickt Tante Emilia. Und alle, alle lassen euch herzlich grüßen.«

Es gab Neuigkeiten. Rebeca hatte wieder ein Kind bekommen, diesmal ein Mädchen, das Rosalba heißen sollte.

»Nach dir«, sagte Maria Estela.

Von Schwager Césars Familie dagegen war Trauriges zu berichten. Das zweitjüngste Kind war, noch keine vier, an Krämpfen gestorben. Und eine Tochter von Tante Rafaela hatte geheiratet. »Es war eine so schöne Hochzeit«, schwärmte Maria Estela.

»Ich wollte, ich wäre dabei gewesen«, seufzte Mama Soto. »Da siehst du, wie ihr schon anfangt, mich zu vergessen.«

»So solltest du das nicht sehen«, meinte Maria Estela verlegen. »Wir wollten euch ja auch einladen, aber das Brautpaar war dagegen. Sie hatten Angst davor, daß ihr auf ihre bescheidenen Verhältnisse herabschauen könntet, wo ihr doch jetzt den Stadtluxus gewöhnt seid. Und wir haben die Hochzeit ja auch nur vor Tante Rafaelas Hütte gefeiert, mit Tischen und Bänken aus Brettern, über Kisten und Fässer gelegt. Aber schön war es doch. Sie haben einen Burschen aufgetrieben, der hat Ziehharmonika gespielt, und da haben wir alle getanzt.«

»Hör auf, hör auf«, rief Mama Soto und wischte sich mit dem Handrücken über die Augen, »erzähl nicht weiter, wenn du nicht willst, daß ich losheule!«

»Wenn wir gewußt hätten, daß du so sehr Heimweh hast –!« sagte Maria Estela betroffen. »Aber wir dachten, du hättest es jetzt schon längst hinter dir –«

Die beiden bestaunten die Zeugnisse der Kinder. Die besten Noten hatte Felipe vorzuweisen. Er war einer der ersten in seiner Klasse, obwohl ihm die Mitschüler bei seinem Eintritt in die Schule weit voraus gewesen waren. Er war ein ausgezeichneter Rechner, aber noch mehr interessierten ihn Physik und Chemie.

»Lesen und Schreiben hab ich erst bei den Kleinen gelernt, danach bin ich zwei Klassen gesprungen«, erzählte er stolz.

»Donnerwetter«, sagte Onkel Arturo. »Da sieht man mal, was man aus uns Analphabeten herausholen kann, wenn man uns nur auch mal ranläßt. Was wollt ihr denn einmal werden?«

»Erfinder«, antwortete Felipe wie aus der Pistole geschossen.

»Ich weiß noch nicht«, meinte Jacinto. »General oder Gouverneur oder Präsident – auf jeden Fall so was Mächtiges, daß der Sotomayor nicht mitkann. Und dann nehme ich ihm den Ziegenhügel wieder ab.«

»Nicht schlecht«, sagte Onkel Arturo, »das sind gute Berufe. Aber du wirst es schwer haben, Jacinto, dich hinaufzuboxen unter all den Kindern reicher Leute, die auch so was werden wollen. Wenn's um die Macht geht, will jeder dabeisein.«

»In der Klasse ist keiner gegen mich«, sagte Jacinto. »Beim Raufen leg ich sie alle um. Deshalb.«

»Und du?« fragte Arturo den Älteren. »Hast du Schwierigkeiten in der Schule, weil du keinen General zum Vater hast?«

»Sie brauchen mich, weil sie sich von mir die Hausaufgaben erklären lassen«, sagte Felipe.

Aber Sara brach bei diesem Gespräch plötzlich in Tränen aus und rannte aus dem Zimmer.

»Was hat sie?« fragte Maria Estela erschrocken.

»Ach nichts«, sagte Mama Soto finster. »Sie möchte halt auch was gelten. Sie wird noch mal an ihrem Stolz ersticken.«

Maria Estela und Arturo hatten es eilig. Arturo hatte den kühnen Plan, sich einen alten Lieferwagen anzuschaffen, und nun hatte er ein Angebot in der Zeitung gelesen. Der Lieferwagen war in einer Autowerkstatt mitten in der Stadt zu besichtigen.

»Wir lassen uns bald wieder sehen«, sagte er beim Abschied. Arturo hielt Wort. Drei Wochen später kehrte er wieder für eine halbe Stunde ein. Diesmal war er mit dem eigenen Lieferwagen gekommen.

»Ihr habt euch ja *schon* wieder vermehrt«, sagte er mit einem Blick auf zwei alte Leute, die scheu im Salon verschwanden.

»Sie werden nicht lange bleiben«, raunte ihm Mama Soto zu. »Es sind Pilars Schwiegereltern. Sie sind aus den Bergen heruntergekommen, um ihren Sohn zu sehen. Sie haben nichts bei sich gehabt als ein paar Eier und Maisfladen und ein Stück Speck, alles für ihn. Und er braucht es auch, weiß Gott. Sie wollen noch bleiben bis zur Verhandlung. Ihm wird vorgeworfen, er sei über eine Straße gelaufen, ohne nach rechts oder links zu schauen, und da habe ein Autofahrer so scharf bremsen müssen, daß ein anderes Auto in seinen Wagen hineingefahren ist. Es gab einen Verletzten und einen kaputten Wagen. Da kannst du dir schon denken, wie die Sache ausgeht: Pilars Mann ist an allem schuld und muß den Schaden bezahlen, was er natürlich nicht kann. Pilar läßt sich die Hoffnung, daß er bald frei ist, nicht ausreden, die Ärmste. Und die Alten sind noch viel sturer, sie glauben fest daran, daß sie ihn gleich nach der Verhandlung mit nach Hause nehmen können. Sie haben ja keine Ahnung, wie es hier in der Stadt zugeht.«

»Sei vorsichtig, Rosalba«, seufzte Arturo. »Du hast ein zu gutes Herz. Jetzt fütterst du schon sieben hungrige Mäuler mit durch. Wieviel hast du noch übrig von Sotomayors Geld?«

»Keine Ahnung«, sagte Mama Soto, verblüfft über diese Frage. »Wieso willst du das wissen?«

»*Du* solltest es wissen«, sagte er. »Es wird nicht ewig reichen, vergiß das nicht.«

»Aber es war doch so viel!« rief Mama Soto.

»Geld schmilzt schnell«, sagte er. »Das hast du selbst einmal gesagt. Zähl, was du noch hast. Nur diesen Rat wollte ich dir gegeben haben.«

Damit verließ er sie.

Das Geld

Noch am gleichen Abend schloß Mama Soto sich in der Küche ein und zählte ihr Geld. Der Brustbeutel, den sie sich inzwischen gekauft hatte, war flach geworden. Sie klaubte aus ihm heraus, was noch darin war, und während sie zählte, begann sie zu frieren. Die Zähne schlugen ihr aufeinander, als sie fertig war, und dann zählte sie noch einmal. Die Zahl blieb dieselbe: viertausendneunhundertachtundvierzig Reales und neununddreißig Centavos. In einem Jahr hatte sie also über zwanzigtausend Reales ausgegeben.

In dieser Nacht schlief sie nicht. Den ganzen nächsten Tag blieb sie in ihrer Hängematte und drehte den Kopf zur Wand.

»Ich hab kein Fieber«, erklärte sie den Kindern. »Pilar wird für euch sorgen. Laßt mich in Ruhe.«

Am Tag darauf vertraute sie sich Felipe an.

»Du solltest versuchen, Arbeit zu bekommen«, meinte er. »Ihr beide, Pilar und du.«

»Arbeit suchen?« fragte Pilar erschrocken, als sie in das Gespräch mit einbezogen wurde. »Jesus Maria, jetzt kommt dieses Gespenst wieder auf mich zu!«

»Aber diesmal hast du einen Platz, wo du deine Kinder sicher aufgehoben weißt«, sagte Mama Soto.

»Aber es ist schrecklich, das Von-Tür-zu-Tür-Laufen, glaubt es mir«, jammerte Pilar. »Ihr habt es ja noch nie tun müssen, aber ich weiß, wovon ich rede!«

»Wenn du nicht arbeiten gehen willst«, sagte Mama Soto verzweifelt, »kannst du mit deinen Leuten nicht mehr bei mir bleiben. Ich sitze jetzt selber in einem untergehenden Boot.«

Fünf Tage lang gingen die beiden Frauen morgens fort und kamen erst abends zurück. Am fünften Tag fand Pilar eine Stelle als Kindermädchen. Mama Soto bekam nur eine Arbeit als Waschfrau angeboten, jeden Freitag von acht Uhr morgens bis acht Uhr abends, und in einem anderen Haus sollte sie wöchentlich drei Stunden putzen.

Sara aber sprach tagelang nicht mit ihrer Mutter. Sie zitterte bei dem Gedanken, jemand unter ihren Mitschülerinnen könnte entdecken, daß sie die Tochter einer Waschfrau war.

Schon nach ein paar Wochen merkte Mama Soto, daß das bißchen Geld, das Pilar und sie verdienten, viel zu wenig war, um alle die Ausgaben decken zu können. Bald erkannte sie, daß ihr nur noch zwei Möglichkeiten offenblieben: Entweder sie nahm alle drei Kinder aus den Schulen, oder sie mußte nach La Manchita umziehen. In La Manchita, so hatte ihr der Gemüsehändler erzählt, kosteten die Wohnungen nur ein Viertel von dem, was sie in der Innenstadt kosteten.

»Aus der Schule nehmen?« rief Sara entsetzt. »Was täte ich dann? Etwa bei den Eltern meiner Freundinnen Wäsche waschen und ihnen ihren Dreck wegkehren? Darauf kannst du lange warten. Ich hab mich auf das verlassen, was du uns vorgemacht hast: Wir seien jetzt reich. Oh, wie hast du uns belogen!«

»Nicht *ich* hab euch das vorgemacht«, antwortete Mama Soto. »Der Sotomayor hat es uns allen vorgemacht. Ich hab es auch geglaubt. Aber jetzt ist es an uns, langsam zu begreifen, daß wir arm sind.«

»Nein«, schrie Sara, »ich will nicht arm sein, ich will nicht zu denen gehören, die verachtet werden.«

»Sara«, sagte Mama Soto und zog sie an sich, »du mußt jetzt sehr tapfer sein. Wir können nur zusammenhalten und uns gegenseitig stützen und das Beste daraus machen. Deine Mutter, deine Geschwister bleiben dir. Ist das nichts?«

Sara richtete sich auf und sah ihre Mutter an.

»Ich wollte, ich wäre euch los«, sagte sie langsam. »Ihr macht, daß ich ständig Angst habe. Ihr macht, daß ich mich schäme. Ihr seid mir eine Last, hörst du? Eine Last!«

Damit lief sie hinaus und schlug die Tür hinter sich zu. Mama Soto warf sich über den Tisch und weinte laut, und es gelang weder Pilar noch Felipe, sie zu trösten.

Onkel Steifbein aber kletterte aus seiner Hängematte, schlurfte in die Küche und sagte: »Ich glaube, ich kann jetzt wieder allein weiterkommen. Ab morgen wohne ich wieder in meinem Keller und gehe tagsüber auf die Kirchenstufen. Die Erholungszeit in Ihrer Wohnung hat mir gutgetan. Ich danke Ihnen sehr dafür. Gott behüte Sie und Ihre Kinder, und möge er Ihnen alle Ihre Wünsche erfüllen.«

Seine Stimme begann ein wenig zu zittern. Hastig drehte er sich um und wollte hinausgehen, aber Mama Soto stand auf und hielt ihn am Arm fest.

»Kommt gar nicht in Frage«, sagte sie. »Wir brauchen Sie. Wer sollte denn sonst auf die Kleinen aufpassen?«

Am nächsten Tag ging Mama Soto in das Viertel La Manchita und mietete dort eine Wohnung.

Kurz bevor die Sotos nach La Manchita umzogen, wurde Pilars Mann zu drei Jahren Gefängnis verurteilt. Gebrochen kehrten daraufhin seine Eltern in ihr Gebirgsdorf zurück, und Pilar lief tränenblind umher und war zu nichts zu gebrauchen.

»Nimm dich zusammen«, sagte Mama Soto zu ihr, »sonst werfen dich deine Herrschaften noch raus. Unsereiner kann sich keine Traurigkeit erlauben. Wir brauchen deinen Lohn für die Miete.«

Den Verkäuferinnen im Souvenirladen erzählte Sara, nun zögen sie in die Staaten.

»Nach Florida«, sagte sie, denn Olgas Tante lebte in Florida. Die Damen aus dem Laden aber nahmen sich die kleine Leonor vor, fütterten sie mit Bonbons und machten sie gesprächig. Von ihr erfuhren sie, wohin der Umzug in Wirklichkeit ging.

»Dacht' ich mir's doch«, sagte die eine, nachdem sie Leonor wieder fortgeschickt hatten. »La Manchita. Dort gehören sie hin. Den Umweg über die Wohnung da oben hätten sie sich sparen können.«

Der Globus

Die Wohnung in La Manchita hatte nur drei Räume. Es war unmöglich, alle Möbel darin unterzubringen. Onkel Steifbein wußte einen Trödler, der alte Möbel aufkaufte. Der kam, räumte das ganze Wohnzimmer aus und nahm auch den Kleiderschrank und die Wanduhr mit. Was er dafür bezahlte, war lächerlich.

»Hast du nicht einen Schwager, der einen Lieferwagen besitzt?« fragte Pilar. »Der könnte beim Umzug doch nützlich sein –«

Aber Mama Soto scheute plötzlich davor zurück, ihre Verwandten zusehen zu lassen, wie sie aus dem Reichtum in die Armut umzog. Sie gedachte sogar, den Leuten in El Pantano ihre neue Adresse zu verheimlichen.

Für die Verwandten würden sie eben verschollen sein. Sie waren ja auch nicht die ersten Sotos, die spurlos in der Stadt verschwanden. Was ihnen jetzt widerfuhr, war nichts Besonderes, und allmählich würde man in El Pantano auch sie und die Kinder vergessen.

So mietete sie wieder einen Eselskarren, der allerdings zweimal hin- und herfahren mußte.

»Sehen Sie«, sagte Onkel Steifbein, »so viel besitzen Sie noch. Mancher würde Sie um all diese Habe beneiden.«

»Ja ja, ist schon gut«, murmelte Mama Soto trübe und trottete hinter dem Karren her – wie damals, als sie in die Stadt kamen. Die Leute drehten sich bei der zweiten Fuhre nach dem Gefährt um, das hoch bepackt durch die Straßen schwankte. Zuoberst war der alte Schaukelstuhl festgeschnürt. Auf ihm thronte Onkel Steinbein, der nicht nur seinen Korb und Stab, sondern auch noch den Globus halten mußte. Der Globus, darin waren sich alle einig gewesen, war nicht verkauft worden. Er sollte sie als Abglanz des einstigen Luxuslebens und als wehmütige Erinnerung an die guten Tage nach La Manchita begleiten. Aber unterwegs, als der Esel unverhofft vor einer Straßenbahn scheute, glitt dem Alten der Ständer aus den Händen. Der Globus rollte vom Karren auf die Straße und brach genau am Äquator in zwei Teile auseinander. Sara stieß einen entsetzten Schrei aus. Felipe hob die beiden Teile auf und reichte sie dem Alten hinauf.

Pilar war beim Umzug nicht dabei. Sie hatte nicht gewagt, um einen freien Tag zu bitten. Sie hatte schon Schwierigkeiten mit dem freien Nachmittag, den sie jeden Freitag erbat, um ihren Mann im Gefängnis besuchen zu können. So führte Felipe ihre beiden älteren Kinder, und Jacinto trug das Jüngste auf dem Arm. Carlota saß neben Onkel Steifbein auf dem Karren, und Dulce und Leonor trippelten neben der Mutter.

Kaum gerieten sie in die Gassen La Manchitas, zog ein Schwarm lärmender Straßenjungen hinter dem Eselskarren her: schmutzige Kinder in Lumpen und barfuß. Sie hängten sich an den Karren und riefen unflätige Wörter zu Onkel Steifbein hinauf.

»Laßt ihn in Ruhe«, rief Mama Soto zornig. »Er kann nichts dafür! Wir alle können nichts dafür!«

Aber die Jungen verstanden nicht, was sie meinte.

Sara war nicht neben dem Karren hergewandert. Sie hatte weiten Abstand zu ihm gehalten, so, als gehöre sie nicht dazu. Sie hatte sich ihre Schuluniform angezogen, die sie schon von weitem als Schülerin der vornehmsten und teuersten Mädchenschule der Stadt auswies, und trug Schulmappe und Handarbeitskörbchen. So schritt sie mit hocherhobenem Kopf in das Armenviertel hinein. Sie bemühte sich, so stolz, so gefaßt zu schreiten wie jener Leutnant, den sie in einem Film des Schulkinos vor das Exekutionskommando hatte treten sehen. Sie schaute nicht rechts noch links. Sie starrte in die Gewehrmündungen, ohne mit den Wimpern zu zucken.

»Sara, beeil dich«, rief ihr Mama Soto besorgt zu. »Bleib hier bei uns!«

Aber das nützte Sara nichts mehr: Die Jungenhorde hatte bereits begriffen, daß dieses hochmütige Ding mit zu den Karrenleuten gehörte. Schon war sie umzingelt, und einer schob ihr von hinten die Mütze über die Augen. Ein anderer entriß ihr das Handarbeitskörbchen und kickte es quer über die Straße.

»Lauf nur, Prinzessin, lauf«, riefen ihr die Jungen unter Gelächter zu, als sie versuchte, das Körbchen zurückzubekommen. »Gleich hast du's erwischt!«

Einer stellte ihr ein Bein. Sie stolperte und fiel hin: Anlaß zu neuem Gelächter. Ein Lümmel hob ihren Rock, ließ ihn wieder fallen und schnalzte mit der Zunge.

»Nun komm schon, stell dich auf die Beine, Prinzessin«, rief der Anführer, »such den Korb, hol das Körbchen –«

Mama Soto hatte Sara in der Horde untergehen sehen. Atemlos kam sie angelaufen und zog Sara hoch. Der Schwarm stob lachend und johlend auseinander.

»Wir sehen uns wieder, Schätzchen«, rief der Anführer, bevor er um eine Ecke verschwand.

Sara schubste Mama Soto zur Seite, hob die Stricknadeln auf, fischte das Wollknäuel aus einer Pfütze und angelte das Körbchen vom Staketenzaun.

»Wärst du doch bei uns geblieben«, klagte Mama Soto. »Da hätten die sich so was nicht getraut –«

»Ich wollte, du hättest mich nicht geboren«, sagte Sara.

Schulsorgen

Es war eine Parterrewohnung, in der sie jetzt wohnten. Sie lag in einem einstöckigen, schmutzigen, abgewohnten Lehmhaus, das zwei Wohnungen enthielt. Hinter der Trennwand hauste eine Familie, zu der mehrere Männer gehörten. Fast jeden Abend gab es nebenan Geschrei: Dann war einer von ihnen betrunken und schlug blindlings zwischen die Kinder.

Das Haus lag eingezwängt zwischen anderen Lehmhäusern, Fassade neben Fassade, und auch die Straße bestand aus Lehm, der sich, wenn es regnete, in Schlamm verwandelte. Ein stinkendes Rinnsal von Abwässern lief an der Häuserfront entlang. Kinder spielten darin. Von Haus zu Haus hingen Wäscheleinen quer über die Straße, und an den Ecken lungerten junge Burschen und Männer herum. Hier gab es so gut wie keine Gärten. Nur an den Rändern der unasphaltierten Straßen wucherte ein wenig Unkraut. Nirgends wuchs ein Baum.

Die neue Wohnung der Sotos war nicht halb so groß wie die alte. In dem einen Raum wohnte Pilar mit ihren Kindern, im zweiten schliefen die Sotos, und die Großen machten darin ihre Aufgaben. Der dritte Raum wurde Küche, weil es dort einen Wasserhahn gab. Tagsüber hängte Onkel Steifbein seine Matte unter das Vordach im Hinterhof, nachts schlief er in der Küche. Ein Badezimmer enthielt die Wohnung nicht. Nur ein Klohäuschen stand in einer Ecke des winzigen Hinterhofs.

Der Schulweg war für die drei Großen sehr weit geworden. Sie mußten die halbe Stadt durchqueren, und noch bevor sie La

Manchita verlassen hatten, waren ihre Schuhe und Strümpfe mit Lehm beschmiert und bespritzt. Sie mußten sich Bürsten und Lappen mitnehmen, um sich unterwegs zu säubern. Jacinto pfiff dabei. Felipe nahm es als unabänderlich auf sich, wie so viele andere Pflichten auch.

Sara aber magerte ab und bekam scheue Augen. Die Angst saß ihr im Nacken. In aller Frühe schlich sie sich davon, wenn die Straßen von La Manchita noch leer waren, und in der heißesten Mittagszeit, wenn sich die Gassen, in denen die Hitze kochte, wieder geleert hatten, stahl sie sich zurück. Daß ihr die Jungen nicht trotzdem auflauerten, hatte sie Jacinto zu verdanken. Schon am zweiten Tag war er Mitglied einer Jungenbande, und es dauerte nicht lange, da hatte er sich zu ihrem Anführer gemacht.

»Hier gefällt mir's«, sagte er. »Hier ist was los.«

Es war so viel los, daß er kaum mehr Zeit für seine Schulaufgaben fand. Er erntete Tadel in der Schule. Seine Mutter wurde benachrichtigt. Aber der Brief kam nie an. Der Postbote von La Manchita machte es sich zuweilen leicht und legte Briefe auf die Schwelle oder warf sie in ein offenes Fenster. So wurde Jacintos Bruder Felipe vor den Direktor der Schule zitiert. Der fragte das ganze Elend aus dem Jungen heraus. Darauf verschaffte er den Brüdern einen Freiplatz.

»Aber du mußt dafür sorgen, daß Jacintos Leistungen wieder steigen«, sagte der Direktor. »Freiplätze können wir nur an gute Schüler vergeben.«

Die beiden Freiplätze bedeuteten für Mama Soto eine spürbare Erleichterung. Aber es war nicht etwa so, daß sie jetzt nichts mehr für die Jungen zu zahlen brauchte. Die Schulbücher und Hefte und Schreibsachen, den Farbkasten und die Tuschefläschchen mußte sie von ihrem eigenen Geld kaufen, und aus dem Turnzeug wuchsen sie auch schon wieder heraus.

Noch teurer war Sara: Da mußten Gewänder für ein Theaterstück, ein Gymnastikanzug, ein Handwebrahmen, eine Gitarre angeschafft werden, um mithalten zu können.

»Du kommst mich teurer als beide Jungen zusammen«, klagte Mama Soto. »Ich werde zu deiner Direktorin gehen und auch um einen Freiplatz bitten.«

»Um Gottes willen, nein«, rief Sara erschrocken. »Damit würdest du alles kaputtmachen, was ich mühsam aufgebaut habe.«

»Alle deine Lügen«, sagte Mama Soto. »Das ganze Gespinst würde ich zerreißen –«

»Ja«, sagte Sara erschöpft. »Laß mir wenigstens das.«

Allein ihre Brüder wußten, daß sie jeden Morgen einen großen Umweg machte, nur, um zu tun, als wohne sie noch in der Calle San Benito.

»Ich hab dich gestern besuchen wollen«, sagte Olga eines Morgens zu ihr. »Warum hast du mir nicht erzählt, daß ihr umgezogen seid?«

»Ich wollte dich damit überraschen«, sagte Sara hastig. »Ich wollte dich zu einem Einweihungsfest einladen, wenn wir ganz fertig sind mit dem Einrichten.«

»Nach La Manchita?« fragte Olga spitz.

»Wie kommst du auf La Manchita?« fragte Sara und fühlte, wie ihre Ohren heiß wurden.

»Das haben mir die Verkäuferinnen im Souvenirgeschäft gesagt«, antwortete Olga erstaunt.

»Und das glaubst du?« rief Sara. »Unsereiner zieht doch nicht in ein Viertel wie La Manchita! Nein, diese Verkäuferinnen!«

»Solche Scherze würde ich mir aber verbitten«, sagte Olga ärgerlich. »Zu behaupten, man wäre nach La Manchita gezogen! Aber wo seid ihr denn nun in Wirklichkeit hingezogen?«

»Auf den Hügel bei El Pantano«, antwortete Sara, ohne sich zu besinnen. »Zu meinem Onkel, du weißt doch, dem Sotomayor.«

»Für immer?«

»Für immer.«

»Da oben muß es herrlich sein«, meinte Olga. »Ich bin manchmal am Hügel vorübergefahren. Man sieht die Villa ja schon von weitem leuchten. Da wohnt ihr also alle zusammen mit ihm in dieser Villa?«

»Sie ist sehr groß«, sagte Sara. »Wir wohnen in einem Seitenflügel, da sind wir uns gegenseitig nicht im Weg.«

»Und wie kommst du von dort in die Schule?«

»Onkels Chauffeur bringt mich her.«

»Vornehm, vornehm«, seufzte Olga. »Ich muß zu Fuß in die Schule gehen.«

Aber Sara blieb nicht lange die Nichte des großen Sotomayor. Eines Morgens stellte ihr ein junger Mann nach, als sie durch die leeren Straßen von La Manchita huschte, und zog sie in eine Toreinfahrt. Es gelang ihr, sich loszureißen, aber ihre Tasche blieb zurück. Er verfolgte sie quer durch die Stadt, und als sie sich endlich atemlos und erschöpft in den Schulhof flüchtete, wurde sie ohnmächtig.

Man trug sie in den Sanitätsraum. Da lag Sara nun, schmal und blaß, mit geschlossenen Augen, und aus ihrem Haar sickerte Blut: Beim Umfallen war sie mit dem Kopf auf den Asphalt des Schulhofs geschlagen.

Die Schulsekretärin suchte die Adresse der Sotos aus der Kartei. »Da wohnt Sara nicht mehr«, wußte Olga zu berichten. »Die Sotos sind hinausgezogen auf den Hügel bei El Pantano zu den Sotomayors. Herr Sotomayor ist ihr Onkel.«

Die Sekretärin pfiff überrascht durch die Zähne.

Aber Herr Sotomayor zeigte sich befremdet. Er wußte nichts von einer Sara Soto und besaß auch keine Nichte, die Sara hieß.

Damit war Saras Schicksal in der vornehmen Schule besiegelt. Kaum war sie wieder zu sich gekommen, wurde sie mit einem verschlossenen Brief an ihre Mutter vor das Tor der Schule geführt und dort stehengelassen. Olga schämte sich entsetzlich, daß sie auf einen so plumpen Schwindel hereingefallen war.

Erst gegen Abend ließ sich Sara daheim sehen. Mama Soto war gerade von ihrer Arbeit heimgekehrt und warf sich müde in den Schaukelstuhl. Pilar kam kurz nach Sara an und schleppte sich erschöpft in ihr Zimmer.

»Mama«, rief Sara leise.

Mama Soto war eingenickt. Aber Sara wollte nicht warten. Sie wollte es jetzt sagen, nicht erst dann, wenn Onkel Steifbein wieder aus der Küche hereinschaute und Pilar mithören konnte. Jetzt war der beste Augenblick, die Last loszuwerden. Den Brief brauchte sie nicht zu übergeben, den hatte sie in den Kanal am Ende der Avenida Porvenir geworfen.

»Mama«, sagte sie lauter.

»Was ist denn schon wieder«, seufzte Mama Soto. »Kannst du mich nicht einen Augenblick schlafen lassen? Vierzehn Garnituren Bettwäsche hab ich heute waschen müssen, gar nicht zu reden von der Leibwäsche.«

»Ich hab mir's überlegt, Mama«, sagte Sara ruhig. »Die Schule ist jetzt für dich zu teuer. Ich kann nichts Unmögliches von dir verlangen. Ich hab heute mit der Direktorin gesprochen. Die Freiplätze sind alle besetzt. Ab morgen bleib ich zu Hause. Ich kann ja auf die Kleinen aufpassen und kochen.«

Mama Soto hatte sich bei diesen Worten jäh aufgerichtet. Sprachlos starrte sie ihre Tochter an.

»Was steckt *hinter* diesem Entschluß?« fragte sie barsch.

»Was soll denn dahinterstecken?« fuhr Sara auf. »Ich dachte, du freust dich, statt dessen bist du mißtrauisch. Ist das der Dank?«

»Es paßt so gar nicht zu dir«, sagte Mama Soto nachdenklich. »Aber ich will dir nicht unrecht tun. Vielleicht hast du wirklich dazugelernt. Aber ich möchte nicht, daß du zu Hause bleibst. Wir könnten ja eine Schule suchen, die nicht so teuer ist.«

»Nein«, sagte Sara hart. »Die Nonnenschule oder keine.«

»Aber die Beziehungen«, seufzte Mama Soto, »die Freundschaften für später –«

»Die Freundschaften würden mir nichts nutzen, solange ich

im Elend lebe. Olga würde nichts mit einer Schulfreundin zu tun haben wollen, die in La Manchita wohnt.«

»Da magst du recht haben«, seufzte Mama Soto. Sie stand auf, ging zu Sara hin und zog deren Kopf an ihre Brust.

»Ich hab mein möglichstes getan, um dich auf der Schule zu halten«, sagte sie leise. »Aber es wäre nicht mehr lange gegangen. Das Geld wird immer weniger und weniger, trotz allem.«

»Und wenn es alle ist«, fragte Sara tonlos, »was wird dann?«

»Ich wage nicht dran zu denken«, antwortete Mama Soto.

Von nun an blieb Sara also zu Hause. Sie ließ sich nicht auf der Straße sehen, sie betrachtete die Wohnung als Versteck, und versteckt wollte sie bleiben, wann immer das möglich war. Hatte sie etwas einzukaufen, schickte sie Jacinto oder Felipe in das schmuddelige kleine Lädchen an der Ecke. Noch scheuer, noch vorsichtiger wurde sie, als ihr am dritten Tag nach ihrer verhängnisvollen Ohnmacht ein kleiner Junge ihre Schultasche brachte. Es fehlte nichts darin.

»Die soll ich hier abgeben«, schniefte der kleine Rotznäsige.

»Wer hat dich geschickt?« fragte ihn Sara hastig.

»José Ochoa«, antwortete der Junge.

»Wer ist José Ochoa?«

Aber darauf wußte er keine Antwort zu geben. Mehr war nicht aus ihm herauszuholen.

Der Heiratsantrag

»Sara könnte doch auch arbeiten gehen«, meinte Pilar. »Sie ist ja schon fast vierzehn Jahre alt. Viele Hausfrauen wollen ganz junge Dienstmädchen, die sie sich selber ziehen können.«

»Dienstmädchen?« rief Sara. »Nie! Das hab ich doch schon oft genug gesagt.«

»Du könntest ja auch mal in den Fabriken herumfragen«, meinte Mama Soto.

»Die nehmen niemanden unter vierzehn«, sagte Felipe. »Und ohne Ausweis schon gar nicht. Das weiß ich von Onkel Osvaldo.«

»In der Bar neben dem Laden suchen sie eine Kellnerin«, erzählte Jacinto.

»Nein«, sagte Mama Soto, »als Kellnerin gehst du mir nicht, und schon gar nicht hier in La Manchita.«

»Ich bestimme selber über mich«, sagte Sara. »Ich bleibe zu Haus, dabei bleibt's.«

Ja, dabei blieb's vorläufig. Statt dessen machte sich Onkel Steifbein wieder auf den Weg zu seiner Kirche. Es war ein weiter Weg, fast eine ganze Stunde brauchte er, bis er dort ankam, wobei er die letzten zehn Minuten noch hinken mußte. Man konnte nie wissen. Freilich hätte er sich vor einer näher an La Manchita gelegenen Kirche niederlassen können, aber er hatte sechzehn Jahre lang vor dieser Kirche in der Calle San Benito gesessen. An sie war er gewöhnt, dort kannte er sein Publikum. Es war nicht viel, was er jeden Abend heimbrachte, aber damit konnte er doch wenigstens etwas zu seinem Unterhalt beitragen.

»Das wäre aber nicht nötig«, sagte Mama Soto. »Sie essen ja fast nichts, Onkel Steifbein. Und so mager, wie Sie sind, nehmen Sie uns ja auch keinen Platz weg.«

Aber sie nahm das Geld doch an und war froh darum. Sie selbst hatte über Pilar noch zwei Häuser vermittelt bekommen, in denen sie waschen sollte, und ein drittes zum Putzen. Damit war sie auch fast jeden Tag unterwegs und bekam einen Stundenlohn, der sich bemerkbar machte. Für ein paar Tage überstiegen jetzt die Einnahmen die Ausgaben. Mama Soto atmete auf. Seitdem Saras Schulgeld nicht mehr zu zahlen war, ging es besser. Wenn alles so blieb, wie es jetzt stand, konnten sie sich über Wasser halten.

Aber es blieb nicht so. Schon ein paar Tage später kehrte Pilar weinend von der Arbeit heim.

»Sie hat mir gekündigt«, schluchzte sie, »weil ich mich geweigert hab, freitags nachmittags auf die Kinder aufzupassen. Freitags nachmittags, wo das doch der einzige Tag in der Woche ist, an dem ich meinen Mann sehen kann! Ich hab ihr das zu erklären versucht, aber sie hat gesagt, am Freitag hat sie ihren Bridge-Nachmittag, und der könnte nicht wegen mir verlegt werden. Ja, und deshalb muß ich gehen –«

»Daran ist nichts zu ändern«, sagte Mama Soto gefaßt. »Denn im Gefängnis werden sie nicht dir zuliebe den Besuchsnachmittag verlegen.«

»In der Bar haben sie die Neue wieder rausgeschmissen«, wußte Jacinto zu berichten. »Die war zu langsam.«

Noch am selben Abend stellte sich Pilar in der Bar vor und wurde probeweise angenommen. Freudestrahlend kehrte sie heim. Die ganze Familie freute sich mit.

»Hast du gesagt, daß du den Freitagnachmittag frei haben mußt?« fragte Mama Soto.

Ja, sie hatte zaghaft darum gebeten, und der Barbesitzer hatte ihr den freien Nachmittag zugesichert. Sie hatte ein geradezu unglaubliches Glück gehabt.

»Jetzt muß ich immer weiße Schürzchen tragen«, berichtete sie, »und ein Bändchen mit Spitze im Haar. Und immer sauber und appetitlich aussehen, hat der Chef gesagt.«

Aber schon nach dem ersten Tag kam sie gedrückt heim.

»Meinem Mann darf ich das nicht erzählen, daß ich in der Bar arbeite«, meinte sie. »Es würde ihn rasend machen. Die Männer sind dort so aufdringlich wie Schmeißfliegen!«

Dann zeigte sie, was sie an Trinkgeldern eingenommen hatte: über zwei Reales! Sie zählte die Münzen auf den Tisch.

»Dafür muß man sich auch mal was gefallen lassen«, fand sie.

Mama Soto und Pilar überredeten Onkel Steifbein daheimzubleiben.

»Wenn's uns mal wieder dreckig geht, kannst du ja zu deiner Kirche zurückkehren«, sagte Pilar lachend.

So lag er den ganzen Tag in seiner Matte im Hinterhof und las alles, was ihm Jacinto aus Mülleimern und Abfallgruben herbeischleppte: Zeitungen, Romanheftchen, ja sogar ein zerfleddertes Buch, das Einführung in die Astrologie hieß und aus dem nicht einmal *er* schlau wurde, was die Kinder sehr verwunderte.

Es entging ihm nicht, daß mehrere Male das pockennarbige Gesicht eines jungen Mannes über der Trennwand des Hinterhofs erschien und den rückwärtigen Eingang der Soto-Wohnung beobachtete.

»Was gibt es hier zu sehen?« fragte der Alte ungehalten hinauf.

»Sara«, antwortete der Bursche. »Sei so gut und ruf sie heraus. Ich muß ihr etwas sagen.«

»Sie wird nach Ihrem Namen fragen.«

»José Ochoa«, antwortete er.

Onkel Steifbein erhob sich seufzend aus seiner Matte, schlurfte ins Haus und kam wieder heraus.

»Sie will Sie nicht sehen«, sagte er. »Sie hätte genug von Ihnen.«

»Ich weiß, ich weiß«, sagte Ochoa. »Ich war damals betrunken. Ich war voll bis obenhin. Aber sie hat mir vom ersten Augenblick an gefallen. Ich denke Tag und Nacht an sie, verstehst du? Ich will sie um Verzeihung bitten, wenn sie darauf aus ist. Aber mach, daß sie herauskommt. Bitte!«

Onkel Steifbein schlurfte noch einmal hinein. Als er wieder erschien, lächelte er schief.

»Ich glaube, an Ihrer Stelle würde ich mir keine Hoffnung mehr machen«, sagte er. »Sie läßt Ihnen sagen, Sie seien daran schuld, daß sie nicht mehr zur Schule gehe, und das würde sie Ihnen nie verzeihen. Sie sollten sich zum Teufel scheren.«

»Ich geh schon«, sagte der junge Mann und verschwand. Aber eine Woche später tauchte er noch einmal auf.

»Ruf sie heraus«, sagte er.

»Ich kann's ja noch einmal versuchen«, meinte der gutmütige Alte. Aber als er wieder aus dem Haus trat, schüttelte er den Kopf.

»Nichts zu machen«, sagte er. »Sie will nicht.«

»Dann sag ihr, daß ich gestern einundzwanzig geworden bin. Ich kann jetzt machen, was ich will. Ich kann heiraten, wen ich will. Ich bin nicht arbeitslos. Ich arbeite in der Teppichweberei Corona. Immer, wenn ich von der Nachtschicht zurückgekommen bin, ist sie mir unterwegs begegnet, aber ich hab nie gewagt, sie anzusprechen. Da hab ich mir Mut angesoffen, und dann kam's so, wie's kam. Erzähl ihr das und sag ihr, ich hätte alles, was ein Mann braucht, der eine Familie gründen will: Arbeit, Gesundheit und ein eigenes Haus. Jetzt gehört es zwar noch meinen Eltern, aber ich werde es einmal allein bewohnen. In der nächsten Querstraße rechts, das fünfte Haus, das grüne. Es ist kleiner als dieses hier. Es hat nur zwei Zimmer. Aber ein Zimmer davon bekämen wir für uns allein.«

»Sie ist ja noch ein Kind«, seufzte Onkel Steifbein.

»Ich kann warten«, flüsterte er heiser. »Wenn ich nur weiß, daß sie mir Hoffnung gibt –«

»Heiraten?« rief Sara, als ihr der Alte das berichtete. »Ich bin doch nicht verrückt. Mich mein ganzes Leben lang in diesem scheußlichen Viertel in Dreck und Armut wälzen? Ich denke nicht daran. Wenn er mir eine schöne Stadtwohnung und einen Wagen bieten kann, dann kann er meinetwegen wiederkommen.«

»Manchmal könnte man Angst vor dir bekommen. Und Angst um *dich*«, sagte der Alte und kehrte wieder auf den Hof zurück, um dem Burschen die letzte Hoffnung zu nehmen.

Der Alte fühlte sich verpflichtet, am Abend Mama Soto zu berichten, welche Botschaften er in der Siestazeit hin- und hergetragen hatte.

»Was meint sie damit, wenn sie sagt, er sei daran schuld, daß sie nicht mehr zur Schule geht?« fragte Mama Soto verwundert.

Darauf wußte der Alte auch keine Antwort.

Mama Soto stellte Sara zur Rede. Aber Sara schwieg. Sie lehnte eine Heirat mit Ochoa energisch ab.

»Ich denke nicht daran«, sagte sie. »Ich will wieder zurück in die Innenstadt, ich will zu den andern gehören, zu den Reichen. Ich warte nur auf die erste beste Gelegenheit. Hast du nicht selber so eine Zukunft für mich gewollt?«

Das gab Mama Soto zu.

»Aber jetzt sind wir arm und abgewirtschaftet«, sagte sie. »Ob mit Schuld oder ohne, das spielt dabei keine Rolle. Glaubst du denn an Wunder, daß du meinst, du bekämst noch einmal die Gelegenheit, reich zu werden?«

»Die Hoffnung, die ist das Letzte, was ich noch hab«, sagte Sara. »Mach sie mir nicht auch noch kaputt.«

»Sie wird dir von selbst kaputtgehen«, sagte Mama Soto traurig.

Die neue Hose

Zum Ende des Schuljahrs brachte Felipe eine bedrückende Nachricht aus der Schule mit nach Hause: Jacinto hatte seinen Freiplatz verloren. Seine Noten waren immer schlechter geworden.

»Er hätte die Gedanken immer woanders, hat sein Klassenlehrer gesagt«, berichtete Felipe.

»Der ist das zweite von meinen Kindern, das aus seiner Zukunft einen Scherbenhaufen macht«, sagte Mama Soto bekümmert und meldete Jacinto in der Schule von La Manchita an, die mitten im Viertel einen öden, lehmigen, pfützenbedeckten Hof umschloß und nach Urin roch. Sie nahm auch Dulce mit, denn die konnte es kaum erwarten, in die Schule zu kommen. Sie bekam Saras Schulmappe und Stifte und schoß von nun an jeden Morgen fort. Nur ungern kehrte sie mittags heim, wo Sara ein strenges Regiment führte. Ebenso wie Jacinto gewann sie im Handumdrehen eine Schar von Freunden, und ebenso wie er fühlte sie sich in La Manchita wohl.

Aber Jacinto ließ sich in der Schule nur selten sehen.

»Was die machen, hab ich schon längst in der andern Schule gelernt«, sagte er.

Nach Hause kam er immer erst abends. Er hatte so viel zu tun. Aber genaueren Fragen der Familie wich er aus.

»Woher hast du denn diese neue Hose?« fragte seine Mutter erstaunt.

»Die hat mir eine reiche Frau geschenkt«, sagte er mit einem treuherzigen Blick. »Jawohl, sie hat mich zu sich reingewinkt und hat sie mir in die Hand gedrückt.«

»Da hast du Glück gehabt«, sagte Mama Soto, aber sie sah ihn plötzlich scharf an und fragte: »Du hast doch nicht gebettelt?«

»Aber Mama!« rief er empört.

Sara fiel auf, daß er so wenig aß.

»Ich hab in der Bäckerei geholfen«, sagte er. »Dort darf ich öfter mal helfen. Dafür darf ich trockene Brötchen essen, soviel ich reinkriege.«

Ja, das alles klang glaubhaft. Aber Jacinto hütete sich, die Wahrheit zu sagen: Daß er mit seiner Bande in die Kaufhäuser der Innenstadt zog und dort stahl – keine großen, keine teuren Sachen. Nur Waren, die sich leicht in den Hosentaschen, im Hemd oder im Mund verstecken ließen. Was er und seine Kumpane nicht selbst gebrauchen konnten, verkauften sie an einen Hehler auf dem Trödelmarkt. Dessen Adresse hatte er sich von den älteren Jungen verschafft. Ja, er war tüchtig, er war dem Leben in Armut gewachsen.

Mama Soto wußte so manches nicht. So ahnte sie nicht, daß zwei ihrer Nichten aus El Pantano in die Stadt gefahren waren, um sie und die Kinder zu besuchen, daß sie in der Calle San Benito Nummer 217 niemanden der Sotos gefunden hatten und mit der Auskunft der Verkäuferinnen aus dem Souvenirladen heimgekehrt waren, die Sotos seien nach La Manchita verzogen – eine Nachricht, die in El Pantano Rätselraten und Verwirrung auslöste.

Sie wußte auch nicht, daß ein paar Wochen später der Gefängniswärter Jorge Soto aus der Stadt nach langer Zeit wieder einmal zu Besuch nach El Pantano kam.

»In La Manchita wohnt sie jetzt?« fragte dieser erstaunt. »Das ist keine gute Gegend: ein Armenviertel, in dem es oft Krawall gibt. In unserem Gefängnis haben wir viele aus La Manchita.«

»Ave maria purisima!« rief Tante Emilia entsetzt und bekreuzigte sich.

Der Hai von Barbados

Sara und Pilar waren plötzlich dicke Freundinnen. Während des ganzen langweiligen Tages in den düsteren Räumen oder auf dem kahlen, hitzeflimmernden Hinterhof, auf dem es nach dem Aborthäuschen stank, wartete Sara sehnsüchtig auf den Augenblick, da Pilar heimkommen und das Neueste aus der Bar berichten würde. Besonders am Sonntagvormittag glühte Sara vor Spannung, denn am Samstagabend bis um Mitternacht gab es in der Bar eine Show, und Pilar selber konnte kaum glauben, was sie da zu sehen bekam.

»Da hat einer Feuer geschluckt«, berichtete sie mit runden Augen. »Eine Fackel hat er sich in den Mund gehalten! Danach hat er ein lebendiges Kaninchen aus seinem Hut gezaubert, stell dir das vor!«

»Und die nächste Nummer?« fragte Sara ungeduldig.

»Na ja, das Übliche«, sagte sie, und ihre Augen wurden wieder schmal und müde. »Mädchen.«

»Erzähl!« rief Sara.

»Ich hab Zahnschmerzen«, seufzte Pilar.

»Ach bitte, erzähl«, drängte Sara.

»Na ja, zwei Striptease-Nummern, du weißt ja, solche, die sich ganz langsam bei Musik ausziehen. Bei der ersten, die ich gesehen hab, da bin ich zusammengezuckt, aber auf die Dauer langweilt's einen. Immer dasselbe. Diese Mädchen kommen nicht aus der Stadt, die sind von hier, aus La Manchita. Angeblich kriegen sie's gut bezahlt. Aber die eine hatte ein Loch im Strumpf. Na, gegen den Feuerschlucker war das alles miteinander gar nichts. Als der auf der Bühne stand, hab ich vergessen zu servieren, und der Chef hat mich angeschnauzt.«

Am nächsten Sonntag aber wußte Pilar etwas zu berichten, das Sara elektrisierte.

»Diesmal war ein Sänger da, sehr elegant, in schwarzen Hosen und einem weißen Spitzenhemd, und mit ihm vier Mädchen, ganz in Weiß und Spitzen um den Busen. Die tanzten um ihn herum und sangen im Chor nach, was er vorsang, lauter ganz junge Dinger, fast noch Kinder. Der ganze Saal raste vor Begeisterung, und zum Schluß hoben die Leute die Mädchen von der Bühne herunter. Später saß auch der Sänger unten im Saal, ich hab ihm servieren dürfen, und da hab ich gehört, wie er gesagt hat, ihm fehlten noch ein paar Mädchen, er wolle seine Truppe vergrößern. Aber als ich so nah bei ihm stand, hab ich entdeckt, daß sein Spitzenkragen ganz schmutzig war. Von weitem fällt so was ja nicht auf.«

»Weißt du, wo er wohnt?« fragte Sara atemlos.

»Keine Ahnung«, sagte Pilar verwundert. »Warum?«

Sara zögerte einen Augenblick, dann flüsterte sie unsicher: »Ich hätte gern ein Autogramm von ihm.«

Pilar wußte nicht, was ein Autogramm war. Sara mußte es ihr erst erklären.

»Und was hat man davon?« fragte Pilar verständnislos.

»Nur so«, sagte Sara ungeduldig. »Autogramme sammelt man. In meiner Klasse haben fast alle Mädchen Autogramme gesammelt. Wie heißt er? Weißt du wenigstens *das*?«

»Der Chef hat ihn vorgestellt als Jimmy Santana, den Hai von Barbados, und zum Schluß hat er sich ein Taxi bestellt und hat sich da mit seinen vier Mädchen hineingezwängt, und es gab ein Gekicher und Gelächter, weil sie alle einen Schwips hatten, und ich hab ihn ›Hotel Victoria‹ rufen hören. Aber wo das Hotel Victoria liegt, kann ich dir nicht sagen.«

Damit verkroch sie sich in ihr Zimmer und kühlte sich die Oberlippe, die anzuschwellen begann, mit einem nassen Tuch. Die Zahnschmerzen hatten noch zugenommen.

Sara war den Rest des Sonntags sehr still. Nur mit Jacinto unterhielt sie sich eine Weile draußen neben dem Klohäuschen, wo ihnen niemand zuhörte.

»Kennst du ein Hotel Victoria?« fragte sie ihn.

Er hütete sich zu verraten, daß er sich in der Stadt auskannte.

»Ich bin daran vorbeigekommen, als ich zu Mamas Herrschaft gehen sollte«, sagte er vorsichtig. »Es liegt im Viertel Santa Cecilia, nicht weit vom Kino Las Maravillas. Warum?«

»Nur so«, antwortete Sara.

Am Montagmorgen, als Mama Soto zur Arbeit und Jacinto auf Diebestour gegangen waren, Felipe und Dulce sich auf den Schulweg gemacht hatten, Pilar noch schlief und die Kleinen im Hinterhof unter der milden Aufsicht Onkel Steifbeins spielten, zog Sara ihr Sonntagskleid an, das ihr schon ein wenig zu kurz und über die Brust zu eng geworden war – jenes weiße Kleid, das sie damals beim Besuch in El Pantano getragen hatte. Sie kämmte sich sorgfältig, setzte ihr Hütchen auf, hängte sich das weiße Täschchen an den Arm und schlich sich leise davon.

Pilar wunderte sich, als sie aufwachte und Sara nicht finden konnte. Auch Onkel Steifbein wußte nicht, wo sie war. Sie hatte doch sonst die Wohnung und den Hinterhof nie verlassen, hatte sich gegen jeden Einkauf gesträubt.

Als sie bis zum Mittag noch immer nicht aufgetaucht war, wurde Pilar unruhig. Ihr fiel das Gespräch über das Autogramm ein. Sie besprach sich mit dem Alten.

»Ach so«, meinte er erleichtert. »Ja, junge Mädchen sind so überspannt, sie sammeln Unterschriften. Heute abend wird sie wieder dasein, mit der kostbaren Unterschrift im Täschchen.«

Aber sie kam nie wieder.

Mama Soto war außer sich. Sie ließ die Wäsche Wäsche sein, machte sich nach einer schlaflosen Nacht zusammen mit Jacinto auf den Weg zum Hotel Victoria und fragte dort nach Jimmy Santana, dem Hai von Barbados. Sie erhielt die niederschmetternde Auskunft, er sei vor zwei Stunden abgereist mit seiner Truppe. Ja, er sei mit mehr Mädchen abgereist, als er mitgebracht habe, aber das sei nicht Sorge des Hotels. Wohin? Keine Ahnung. Das gehe das Hotel auch nichts an. Er habe seine Rechnung jedenfalls bezahlt. Auf die Frage, welchen Bus sie nehmen müsse, um nach Barbados zu kommen, erntete sie Gelächter.

»Barbados ist eine Insel, gute Frau«, sagte der Portier, »eine Insel im Meer, dort kommen Sie nie hin.«

Auf dem Heimweg durch die mittäglich ausgestorbene Stadt mußte Jacinto seine Mutter führen. Mit tränenblinden Augen taumelte sie dahin. Als sie nach Hause kam, warf sie sich in die Hängematte und weinte so laut, daß die Kleinen vor Schreck zu schreien begannen.

Sie überschüttete Felipe, als er aus der Schule heimkam, mit all ihrem Jammer.

»Verlaß du mich nicht auch noch«, schluchzte sie. »Du bist jetzt mein Halt und mein Trost. Ich glaub', ich würd' es nicht überleben, wenn du mich im Stich ließest!«

»Ich bleibe immer bei dir, Mama«, sagte Felipe und legte seine Arme um ihren Nacken. »Das verspreche ich dir.«

»Aber wenn du erst älter bist«, klagte Mama Soto, »wirst du dich schämen, daß du zu mir gehörst, und wirst die erste beste

Gelegenheit benutzen, um fortzugehen, hochzukommen, reich zu werden – allein, ohne die Familie!«

»Nie«, sagte Felipe und brach in Tränen aus. »Nein, Mama, du kannst dich auf mich verlassen, du wirst es sehen!«

Trotzdem begann Mama Soto wieder zu weinen. Sie weinte so laut, daß man es bis auf die Straße hörte. Kinder versammelten sich vor dem Haus und lauschten.

»Ach Mama«, sagte Felipe verwirrt und traurig, »vielleicht kommt Sara von allein zurück.«

»Die?« rief Mama Soto. »Nie. Genausowenig, wie ich nach El Pantano zurückgehe, nicht so, wie es jetzt um uns steht, nach all dem Reichtum, den wir ihnen vorgeführt haben! Sie ist meine Tochter, genauso stolz wie ich. Das verzeih ich dem Sotomayor nie. Die Sara, die hat er jetzt auch auf dem Gewissen.«

Der Diebstahl

Von da an ging es steil bergab mit den Sotos, und nicht nur mit ihnen. Pilar bat um einen freien Tag und ging zum Zahnarzt. Er zog ihr die beiden oberen Schneidezähne. Mit einer häßlichen Zahnlücke kehrte sie zurück. Diese Zahnlücke brachte ihr die Entlassung ein.

Eine Woche lang suchte sie nach einer neuen Stelle, aber mit der Zahnlücke kam sie in keiner Bar, in keinem Restaurant an, und mit ihren verweinten Augen fand sie auch keine Hausfrau, die sie aufnehmen wollte.

»Griesgrämigkeit steckt an«, sagte eine Dame, und die meisten der Damen, die sie um Arbeit anbettelte, störte es, daß sie in La Manchita wohnte.

»Du ziehst uns Diebe ins Haus, Diebe und Einbrecher. La Manchita ist ein Verbrechernest«, hieß es.

Pilar wollte sich an Mama Sotos Schulter ausweinen, aber die Sotos hatten inzwischen mit neuen Sorgen zu kämpfen: Carlota war krank geworden. Sie hatte hohes Fieber und Durchfall, und jeden Löffel Suppe, jeden Schluck Tee erbrach sie wieder.

Mama Soto mußte zu Hause bleiben. Sie schickte Jacinto zu ihren Herrschaften und ließ um Urlaub und Verständnis bitten.

»Unzuverlässigkeit ist mir verhaßt«, bekam Jacinto zu hören. »Sag ihr, sie kann von jetzt an daheimbleiben. Ich brauche sie nicht mehr.«

»Das ist jetzt alles egal«, murmelte Mama Soto, als Jacinto heimkam. »Jetzt geht es nur um Carlota.«

Die lag schlapp und erschreckend abgemagert in ihrer Hängematte und greinte. Fliegen umschwirrten sie. Abwechselnd mußte eines der Geschwister neben ihr stehen und die Fliegen fortwedeln.

»Wenn wir jetzt auf dem Ziegenhügel wären«, jammerte Mama Soto, »da wär sie schon wieder gesund mit all den Kräutern, die ich dort hatte. Vielleicht sollte ich hinauffahren in die Berge, dort wächst auch, was sie jetzt zu einem Tee braucht –«

»Sie riecht nach Tod«, meinte Onkel Steifbein. »Sie sollten sie so schnell wie möglich zu einem Arzt bringen.«

»Aber was das kostet!« rief Mama Soto. »Wer soll das bezahlen, wo doch Pilar jetzt keine Arbeit mehr hat und ich auch nicht mehr so viel wie vorher verdiene –«

Aber dann hüllte sie das Kind doch in eine Decke und trug es zu einem Arzt, der im angrenzenden Viertel wohnte. Der fuhr sie an, als sie die Decke auseinanderschlug: »Immer wartet ihr bis zum letzten Augenblick! Nur, weil euch das Geld zu schade ist für den Arzt. Wir haben dann unsere Mühe.«

Mama Soto senkte den Kopf und murmelte eine Entschuldigung. »Es kam so viel auf einmal«, fügte sie leise hinzu. »Es hat mich fast umgerissen –«

Der Arzt gab dem Kind eine Spritze und verschrieb eine Medizin. Aber mitten im Schreiben hielt er inne, warf einen Blick auf Mama Soto und zerriß dann das Rezept. Er trat an einen Glasschrank und entnahm ihm ein Fläschchen, das er ihr hinüberreichte.

»Euresgleichen ist imstande, das Rezept wegzuwerfen, weil euch's leid tut um das Geld, das ihr für die Medizin auf die Theke legen müßt«, sagte er. »Hier, die Flasche ist ein Muster, sie braucht nicht bezahlt zu werden.«

Mama Soto fiel nichts anderes ein, was sich darauf sagen ließ, als Onkel Steifbeins »Möge Ihnen Gott als Dank für Ihre Güte alle Ihre Wünsche erfüllen«.

Aber dann hob sie den Kopf, warf ihn in den Nacken und sagte hart: »Wir sind keine Bettler! Was hab ich zu bezahlen?«

Er verlangte einen Preis, der sie schwindlig machte.

Die Medizin half, der Durchfall hörte auf, Carlota reagierte wieder auf Fragen und Zärtlichkeiten. Ihr Gesicht war spitz geworden, ihre vorher so pummeligen Ärmchen erschreckten in ihrer Magerkeit. Am zweiten Tag nach dem Arztbesuch sagte sie laut und deutlich: »Milch!«

»Gottlob«, seufzte Mama Soto glücklich, »jetzt ist alles gut. Sie hat wieder Hunger.«

Sie kochte ihr einen Haferschleim. Carlota aß heißhungrig und schlief darauf sofort ein.

Nun erlaubte sich auch Mama Soto, nach ein paar durchwachten Nächten wieder zu schlafen. Sie schlief in ihrer Erschöpfung so tief, daß sie die Hand an ihrem Brustbeutel kaum spürte. Sie träumte von Carlota. Sie träumte, Carlota krabble zu ihr in die Hängematte. Es war ein glücklicher, ein ruhiger Traum.

Am nächsten Morgen entdeckte Mama Soto, daß der Brustbeutel fort war. Entsetzt schrie sie auf, rief Felipe, den Alten, Pilar. Die Kinder umringten sie erschrocken, der Alte schlurfte herbei – aber Pilar erschien nicht, gab nicht einmal Antwort. Als Mama Soto in ihr Zimmer stürzte, sah sie, daß es leer war.

In aller Heimlichkeit mußte sie mit ihren Kindern in der Nacht die Wohnung durch die Tür, die auf die Straße führte, verlassen haben. Auch ihr Gepäck hatte sie mitgenommen – und Mama Sotos Geld.

Das Kellerloch

Damit war alles aus. Die Sotos konnten es sich nicht einmal mehr leisten, im Viertel La Manchita zu wohnen. Um die fällige Miete bezahlen zu können, mußte Mama Soto die letzten Möbel verkaufen, die sie noch besaß, dazu ihr gelbes Sonntagskleid für die Stromrechnung. Nur Herd und Schaukelstuhl behielt sie zurück. Regale, Schulpulte, Stühle wurden hinausgetragen und verschwanden auf einem alten Lastwagen. Was noch an Kleidung und Wäsche übrigblieb, legte Mama Soto in die Halbkugeln des zerbrochenen Globus.

»Wenigstens dazu taugt er noch«, sagte sie unter Tränen. »Und jetzt, Onkel Steifbein?«

»Ich werde wieder auf meine Kirchenstufen gehen«, seufzte er und lächelte sie müde an. »Aber ich fürchte, viel wird es nicht einbringen.«

»Und wo werden wir von nun an wohnen?«

»Eine billigere Miete als hier werden wir so leicht nicht finden«, antwortete er ruhig. »Es sei denn, es wäre eine Wohnung, die *gar nichts* kostet.«

»Das heißt, wir müssen unter freiem Himmel hausen –«

»Ein Dach braucht der Mensch«, sagte der Alte. »Und wenn's nur dient gegen die Furcht, der Himmel könnte über ihm einstürzen. Ja, ein Dach. Die Regenzeit wird kommen. Sie müssen ein Dach für Ihre Kinder haben. Ohne Dach wird man zum Tier.«

»Ein Dach für meine Kinder, ja«, seufzte Mama Soto. »Wenn ich nicht an *sie* dächte, hätte ich längst aufgegeben. Nur für sie schleppe ich mich noch weiter.«

»Ich glaube«, sagte der Alte, »ich werde wieder in den Rohbaukeller zurückkehren. Und was *Sie* betrifft, so sollten Sie heimgehen nach El Pantano, dorthin, wo Sie zu Hause sind. Das sollten Sie tun um der Kinder willen.«

»Nein«, fuhr Mama Soto auf, »jetzt nicht. Wie stünde ich vor meinen Verwandten da, so arm, wie ich jetzt bin?«

»Sie sind ja nicht schuld an Ihrer Armut.«

»Das ist der Schadenfreude egal.«

»Was Ihren Stolz betrifft, so leben Sie über Ihre Verhältnisse«, meinte der Alte nachdenklich.

»Lieber verkrieche ich mich in den dunkelsten Winkel mit meinem Elend«, rief Mama Soto verzweifelt. »Und wie könnte ich es aushalten, Tag für Tag auf den Ziegenhügel zu sehen?«

»Bald wird der Augenblick kommen, wo Sie auch *das* auf sich nehmen werden«, murmelte der Alte.

»Nehmen Sie uns mit in den Rohbau«, sagte Mama Soto entschlossen. »Dort haben Sie jahrelang gelebt. Auch andere Menschen haben dort gelebt und leben wahrscheinlich immer noch dort. Warum sollten nicht auch wir das Leben in diesem Kellerloch aushalten?«

Für den Umzug brauchten sie keinen Eselskarren mehr. Mama Soto hatte auch noch den Herd verkaufen müssen, weil der Hausbesitzer verlangte, daß die Räume neu getüncht wurden. Sie behielt nichts zurück als die Hängematten, den Schaukelstuhl und das Nötigste an Wäsche, Kleidern und Geschirr. Die beiden Halbkugeln des Globus warfen sie am letzten Morgen ihres La-Manchita-Lebens einfach auf die Straße. Ein Schwarm zerlumpter Kinder stürzte sich mit begeistertem Geschrei darauf und schleppte sie fort.

Felipe und Jacinto trugen den Schaukelstuhl zwischen sich, als sie La Manchita verließen. Auf dem Sitz des Stuhls lag

Felipes Schultasche. Vor ihnen her wanderte Onkel Steifbein mit Stab und Korb und einem Bündel Hängematten über der Schulter. Hinter ihnen schritt Mama Soto mit Carlota auf dem Arm und einem Sack voll Kleider auf dem Rücken. Dulce und Leonor schleppten das Geschirr.

Niemand winkte ihnen nach, niemand verabschiedete sich von ihnen. Nur Jacintos Freunde folgten den Sotos in einem Schwarm bis dorthin, wo sich die letzten Häuser von La Manchita zwischen Fabrikanlagen verloren. Sie lärmten nicht. Stumm und düster zogen sie dahin.

»Leb wohl, Jacinto, Chef«, sagten sie traurig, bevor sie umkehrten.

»Wir treffen uns doch weiter in der Stadt«, tröstete sie Jacinto, »es bleibt alles beim alten.«

Im Keller des Rohbaus fanden sie einen noch unbesetzten Verschlag. Fetzen lagen darin, aus denen es Asseln regnete, als Mama Soto sie hochhob und hinauswarf.

»Dort drin hat einer gewohnt, der war voll Ausschlag, von oben bis unten«, rief ihnen eine Frau zu, die in einer der anderen Ecken herumhuschte. »Meine Kinder ließe ich in *der* Ecke nicht spielen. So was kann anstecken. So was kann in den Lumpen, in den Mauern weiterleben.«

»Den Trick kenn ich«, sagte Onkel Steifbein. »Und dich kenn ich auch. Kannst du dich nicht mehr an mich erinnern, Marta?«

Sie kam näher und starrte ihn in dem Halbdunkel, das im Keller herrschte, mißtrauisch an.

»Ach, du bist's«, rief sie überrascht aus, »der Kirchen-Opa! Ach du lieber Gott, der lebt noch! Und wir hatten schon gedacht, dich hätten sie bei einer Razzia tot hier rausgeschleift. An dem Tag hat's so fürchterlich bei dir gestunken, ja, nichts für ungut, aber du mußt zugeben, daß ich die Wahrheit sage. Wir dachten, jetzt kratzt du ab, und da haben wir uns verzogen. Als wir zurückkamen, hat uns eins von den Kindern erzählt, zwei Leute hätten dich fortgeschleppt. Da waren wir froh, daß das jemand anderer erledigt hatte und daß uns das erspart blieb. Wo wir nicht mal gewußt hätten, wohin mir dir in der Eile – bei dieser Hitze!«

»Ja, ich lebe noch«, sagte der Alte langsam. »Und ich habe sogar noch jemanden mitgebracht.«

»Ich seh's, ich seh's«, sagte die Frau mit einem scheelen Blick auf die Sotos. »Das ist nicht sehr klug von dir, Alter. Je mehr Leute wir hier sind, um so eher fallen wir auf, noch dazu mit so vielen Kindern. Die können doch nicht leise sein. Bei der letzten Razzia – da warst du nicht mehr da – haben sie uns angedroht, beim nächsten Mal würden wir alle für ein paar Tage eingelocht.«

»Und die Kinder?« fragte Mama Soto erschrocken.

»Was weiß ich?« antwortete die Frau. »Die streunen eben solange herum.«

»Das drohen sie jedesmal an«, meinte Onkel Steifbein ungerührt, »aber noch nie haben sie's wahrgemacht.«

»Na, ich weiß nicht«, sagte die Frau. »Denen ist alles zuzutrauen. Die haben kein Herz.«

»Hast *du* etwa eins?« fragte Onkel Steifbein.

»Gehabt, gehabt«, schnaufte sie und kehrte in ihre Ecke zurück.

»Vornehm, vornehm«, knurrte sie noch, als sie die beiden Jungen sah. »Mit einem Schaukelstuhl ins Armenloch –«

»Sie bettelt vor dem Kino Las Maravillas«, erklärte Onkel Steifbein leise. »Dort ist sie absolute Herrscherin. Sie läßt niemanden ran. Alle andern, die auch dort betteln möchten, vertreibt sie.«

Mama Soto schauderte es. Mit ein paar Zweigen, die sie von den Jungen hereinholen ließ, kehrte sie die Ecke notdürftig aus, dann knüpfte sie die Hängematten an den Verstrebungen fest. Der Alte half ihr, aber seine Hände zitterten.

»Willkommen in meiner Wohnung«, sagte er mit einem schiefen Lächeln.

»Möge Ihnen Gott als Dank für Ihre Güte alle Ihre Wünsche erfüllen«, antwortete Mama Soto und versuchte mühsam, zurückzulächeln. Aber es gelang ihr nicht.

»Warum machst du nicht Licht, Mama?« fragte Dulce.

»Hier gibt es kein Licht«, antwortete sie.

Die Banden

»Wie soll ich hier Schulaufgaben machen?« fragte Felipe am nächsten Tag niedergeschlagen, als er aus der Schule kam.

Mama Soto wußte auch keinen Rat. Es gab keinen Tisch im ganzen Keller, keinen Stuhl, nur ein paar alte Kisten, die aber von anderen Kellerbewohnern beansprucht wurden. Und es herrschte ein ewiges Halbdunkel da unten, sogar um die Mittagszeit.

Felipe versuchte, in den ersten Stock des Rohbaus zu gelangen, aber es gab noch keine Treppe, und die Betonpfeiler waren zu glatt, als daß er an ihnen hätte hinaufklettern können. So setzte er sich auf den unkrautüberwucherten Schutthügel hinter dem Bau, legte die Hefte auf seine Knie und lehnte sich gegen einen Pfeiler. So hatte er wenigstens Licht.

Aber die Kellerkinder ließen ihn nicht in Ruhe. Sie umschwärmten ihn, warfen ihm Schmutzklumpen ins Heft und bestreuten ihn mit Sand, der vom Bau übriggeblieben war. Jacinto versuchte ihn zu beschützen, aber er merkte, daß er es hier schwerer haben würde, Freunde zu finden.

»Ihr vornehmen Popel«, rief ihnen ein Bengel zu, der unbeschreiblich schmutzig war und nur eine zerfetzte Hose trug, »so einer wie der hat uns gerade noch gefehlt: Setzt sich mit seinem Bücherkram hier hin und läßt sich bestaunen! Wenn ich groß bin, schlag ich alle tot, die lesen und schreiben können!«

»Komm her, ich bring dir das Schreiben bei, es ist gar nicht schwer«, sagte Jacinto. »Ich garantier dir, daß du in einer Viertelstunde deinen Namen schreiben kannst.«

»Ich?« fragte der Rotznasige verblüfft.

»Ja, du«, sagte Jacinto und hob ein Stückchen Ziegelstein auf. »Na komm schon. Wie heißt du?«

So zähmte sich Jacinto auch die Bande aus dem Keller. In den nächsten Tagen hatte er viel Zulauf, alle wollten ihren Namen schreiben lernen, und bald waren die Säulen des Rohbaus, die schon allerlei Kritzeleien aufwiesen, über und über mit Namen beschmiert. Als Gegenleistung verlangte Jacinto, daß seine Schüler Felipe bei seinen Hausaufgaben nicht störten.

Aber oft verschwand Jacinto auch ganze Tage und streunte durch die Stadt. Vor den Kaufhäusern traf er sich mit seinen Freunden aus La Manchita und ging mit ihnen auf Raubzug aus. Er hütete sich, Mama Soto die Wahrheit zu sagen, wenn er einen Teil der Beute mit nach Hause brachte. Er hatte ein waches Auge für das, was gerade nötig gebraucht wurde: Fehlte Seife, um am Fluß die Wäsche zu waschen, besorgte er Seife. Ging Mama Soto das Maismehl aus, kam er mit einer Tüte Maismehl im Hemd nach Hause. Für Dulce und Leonor brachte er neue Unterhöschen und für Onkel Steifbein Zeitungen. Sich selbst verschaffte er Sandalen, weil der Asphalt der Innenstadt um die Mittagszeit glühte, und seinen Bruder versorgte er regelmäßig mit Heften und Schreibzeug.

»Ich schleppe Koffer auf dem Bahnhof«, erklärte er denen, die ihn nach der Herkunft seiner Geschenke fragten. »Manche Leute geben mir mehr, als ich für die Arbeit verlange. Vielleicht aus Mitleid, weil ich erst zehn bin.«

Mama Soto glaubte ihm und dankte ihm gerührt. Felipe aber ahnte, daß bei Jacinto nicht alles mit rechten Dingen zuging.

»Geklaut, was?« fragte er.

»Was denn sonst?« antwortete Jacinto. »Die Mama hat keine Ahnung, wie es auf dem Bahnhof zugeht. Da raufen sich zehn Burschen um einen einzigen Koffer, und kaum einer unter ihnen ist älter als ich. Wenn ich dort vom Morgen bis zum Abend einen halben Real zusammenbekomme, kann ich noch froh sein. Nein, wirklich, dabei kommt nichts raus. Wenn ich schon jeden Tag in die Stadt latsche, muß es sich auch lohnen. Schließlich geht's doch ums Überleben – oder?«

»Und wenn du eines Tages erwischt wirst?«

»Was wollen sie uns schon tun? Wir sind noch Kinder.«

»Sie können euch in ein Asyl stecken«, meinte Felipe.

»Pah«, sagte Jacinto. »Reinstecken ja, aber nicht drin festhalten. Doch du brauchst keine Angst zu haben. Wir sind vorsichtig. Wir haben unsere Tricks. Und wir sind schnell. Meine Bande ist gut, ich hab sie mir erzogen. Da kann sich einer auf den andern verlassen, und alle halten den Mund. In La Manchita gibt es wirklich großartige Leute –«

»Aber *wenn* du einmal gefaßt werden solltest«, sagte Felipe, »dann zieh die Mama nicht mit hinein.«

»Wo denkst du hin!« sagte Jacinto empört. »Ich bin natürlich ein armes Waisenkind. Sollte ich mal wirklich eine Nacht ausbleiben, dann denk dir irgendwas aus, womit du sie beruhigst. Übernachtung bei Freunden oder so. Sie darf nie erfahren, daß ich klaue, hörst du?«

»Darüber«, sagte Felipe ernst, »brauchen wir nicht zu reden. Ich weiß von nichts. Und wenn das neue Schuljahr anfängt, geb ich dir eine Liste mit den Büchern, die ich brauche. Besorg sie mir, ja? Sonst kann ich nicht auf der Schule bleiben.«

Gleich am ersten Morgen zog Onkel Steifbein los, um wieder vor seiner Kirche zu betteln. Mama Soto wollte ihn bewegen, dazubleiben.

»Es wird auch ohne die Bettelgroschen irgendwie für uns alle langen«, meinte sie. »Und wenn nicht, wird eben die Suppe etwas dünner.«

»Lassen Sie mir doch den Spaß, auch ein bißchen mitzuhelfen«, sagte er heiter. »Es ist mein Beruf.«

Aber als er auch die beiden kleinen Mädchen mit zum Betteln nehmen wollte, winkte sie energisch ab.

»Sie brächten eine Menge ein«, sagte er. »Solchen Kindern kann sich niemand versagen. Wenn ich sie ein bißchen abrichten würde – traurige Augen und die Geschichte vom toten Vater –, dann wären die beiden vielleicht einträglicher als Ihre ganze Wäscherei.«

Mama Soto starrte den Alten an. Ihr Gesicht verzog sich vor Ekel. »Pfui«, sagte sie und drehte sich um.

»Es tut mir leid«, sagte der Alte. »Ich habe Ihren Stolz getroffen. Aber wenn Sie glauben, daß Sie schon auf der alleruntersten Stufe stünden, da irren Sie sich. Es geht noch viel tiefer, glauben Sie mir. Und mit jeder Stufe läßt man ein Stück Stolz zurück, ein Stück Würde, und man sieht, es geht auch ohne das. Aber ohne das Leben geht es nicht. Also entscheidet man sich für das Leben.«

Damit trottete er fort, den Stab in der einen, den Korb in der anderen Hand, das eine Knie mit den Fetzen umwickelt, die in der Ecke des Kellerraumes gelegen hatten, als sie hier eingezogen waren.

Leben im Rohbau

Sechsundzwanzig Menschen lebten in den Kellerräumen des Rohbaus. Manche von ihnen, darunter auch Onkel Steifbein, benutzten sie nur als Schlafstätte, andere hielten sich den ganzen Tag darin auf. Über die Hälfte der Kellerbewohner waren Kinder. Der Rohbau stand auf einem leeren Grundstück, das eine leichte Mulde bildete. Aus der Mulde erhob sich das Gebäude. Während der Regenzeit sammelte sich das Wasser des ganzen Bauplatzes in der Mulde, also im Keller. Vor der Regenzeit fürchteten sich alle.

Mit Sehnsucht dachte Mama Soto manchmal an die Bequemlichkeit zurück, die La Manchita ihr geboten hatte. Hier gab es nicht einmal einen Abort. Wer seine Notdurft verrichten wollte, verkroch sich rund um das Gebäude zwischen Brennesselstauden und Gestrüpp, und die kleinen Kinder drückten ihre Häufchen hin, wo sie gerade spielten. Das ganze Grundstück war mit Unrat übersät. Wenn man es überqueren wollte, hatte man Mühe, nicht hineinzutreten. Die Kinder trugen den Schmutz an ihren bloßen Füßen in den Keller.

»Könnt ihr euch nicht vorsehen!« herrschte Mama Soto die Kleinen an.

»Auf dem Ziegenhügel hatten wir auch oft Mist an den Füßen«, sagte Jacinto.

»Ziegenmist. Das ist etwas ganz anderes.«

»Auch Menschenmist.«

»Aber der Ziegenhügel war vielleicht zehnmal so groß wie dieses Grundstück«, rief Mama Soto. »Ach, was sage ich, zwanzigmal so groß! Und nur *wir* lebten darauf!«

»Die Kinder aus dem Dorf unten haben auch immer hinter unsere Büsche gekackt, wenn sie zum Spielen bei uns waren.«

»Die paar Häufchen auf dem großen Hügel«, sagte Mama Soto. »Aber hier hausen wir wie die Sardinen.«

Während der ersten Tage im Rohbau kochte Mama Soto jeden Abend, wenn sie von der Arbeit heimkam, eine Suppe hinter dem Gebäude über ein paar Steinen. Aber da auch andere Kellerleute so kochten, war es schwierig, Brennmaterial aufzutreiben, Treibholz aus dem Fluß oder Papier aus den Mülltonnen. Und so kam es langsam dazu, daß Mama Soto nur noch jeden zweiten oder dritten Tag kochte. Die übrige Zeit ernährten sich die Sotos von dem, was man nicht zu kochen brauchte.

Jeden Morgen in aller Frühe weckte Mama Soto Felipe. Er ging mit dem einzigen Topf, den sie noch besaßen, und einem Sack zum Fluß hinunter. Der war eine gute Viertelstunde Fußmarsch vom Rohbau entfernt. Dort wusch er sich, sammelte Treibholz, steckte es in den Sack, füllte den Topf mit Wasser. An der Schnur, die sich von Henkel zu Henkel spannte, trug er ihn vorsichtig heim. Mit der anderen Hand hielt er den Sack auf seinem Rücken fest. Wenn er vom Fluß zurückkam, war er ganz krumm und steif. Dann schlüpfte er in seine Schuluniform und machte sich auf den Weg in die Schule.

Schon eine gute Woche nach dem Einzug in den Rohbau nahm der Klassenlehrer Felipe beiseite, während die anderen Schüler auf den Schulhof gingen.

»Sag deiner Mutter, sie soll deine Uniform sauberhalten«, sagte er. »Sie ist nicht gebügelt. Sie ist zerknittert und verstaubt, und der Hemdkragen ist schmutzig.«

Felipe errötete und nickte.

»In dieser Hitze muß man das Hemd jeden Tag wechseln«, fügte der Lehrer hinzu.

Felipes Augen füllten sich mit Tränen.

»Wir haben kein Wasser«, stammelte er.

»Du lieber Gott«, sagte der Lehrer kopfschüttelnd. »Und wo wäschst du dich?«

»Im Fluß.«

Mama Soto selbst ging jeden Samstagnachmittag mit all ihrer Schmutzwäsche und den drei kleinen Mädchen zum Fluß, an dessen Ufer es von Wäscherinnen wimmelte. Sie watete bis zum Gürtel ins Wasser und wusch sich und die Wäsche der ganzen Familie, während die Kinder am Ufer planschten. War sie fertig, hängte sie die Wäsche über das Ufergesträuch zum Trocknen auf, schrubbte die Kinder ab und wusch ihnen das Haar.

»Wie mager du bist«, sagte sie zu Carlota.

Daheim mußte Felipe im Keller sitzen und aufpassen, daß nichts von dem bißchen, was sie noch besaßen, gestohlen wurde.

»Kauf mit deinem nächsten Koffergeld einen Eimer, ja?« sagte Mama Soto zu Jacinto.

Aber das war schwierig. Ein Eimer ließ sich nicht im Hemd oder in der Hosentasche verstecken. Schließlich brachte er einen schönen großen Zinkeimer an.

Aber der kam zu spät. Mama Soto hatte sich nicht waschen können. Sie hatte auch ihre Kleider nicht jeden Tag wechseln können. Und so hatte sie wieder eine Wasch- und Putzstelle verloren. »Sie stinken ja«, hatte die Hausfrau gesagt. »Noch den ganzen nächsten Tag nach dem Waschtag riecht das Haus nach Ihnen. Unsauberkeit ist mir ein Greuel.«

»Sauberkeit können sich nicht alle leisten«, hatte Mama Soto daraufhin gemurmelt.

»Na, das ist aber eine lächerliche Ausrede«, hatte die Dame empört gerufen. »Wasser hat doch jeder!«

»Es gibt eine solche Armut«, hatte Mama Soto zornig geantwortet, »für die nicht einmal Wasser selbstverständlich ist.«

»Mit einer solchen Armut«, hatte die Dame Mama Soto nachgeäfft, »will ich nichts zu tun haben. Jetzt aber raus! Und dann wird gelüftet!«

Als Mama Soto an diesem Tag heimkam in das Kellerloch, fühlte sie sich so gedemütigt, daß sie laut weinend mit den Fäusten gegen die Betonwände hämmerte.

»Herrje!« rief die alte Marta aus ihrer Ecke herüber. »Reiß dich gefälligst zusammen. Wenn jeder von uns hier unten sein Elend so an die Wand hämmern wollte mit Geschrei – was gäb's da für einen Lärm.«

Als Mama Soto ihre letzte Arbeitsstelle verlor, weil die Herrschaften fortzogen in eine andere Stadt, gab sie endlich Onkel Steifbeins Drängen nach und ließ Dulce und Leonor mit ihm gehen. Sie wollte sie herausputzen, wollte ihnen ihre Sonntagskleider anziehen und Schleifen ins Haar flechten, denn sie sollten ja einen ganzen Tag lang vor einer Kirchentür kauern. Aber der Alte schüttelte den Kopf und griff ein.

»Wer gibt schon so hübsch zurechtgemachten Kindern ein Almosen?« fragte er. »Ziehen Sie ihnen die ältesten Fetzen an.

Lassen Sie sie barfuß gehen, und nehmen Sie ihnen die Schleifen aus dem Haar. Um so mehr wird man ihnen schenken.«

Mama Soto seufzte. Ja, er hatte recht. Und so stellte sie nur beide Kinder nacheinander in den Wassereimer und wusch sie gründlich.

»Wenn sie schon betteln gehen müssen, so sollen sie wenigstens sauber dazu sein«, sagte sie, »jetzt, wo wir doch einen Eimer haben.«

Die kleinen Mädchen zappelten vor Aufregung und Vorfreude. Jetzt sollten sie auch Geld verdienen dürfen, sollten mithelfen dürfen, daß die Mama eine Suppe, daß sie Bohnen und Fleisch kochen konnte! Sie fühlten sich plötzlich ernst genommen, sie waren wichtig für die Familie.

»Passen Sie gut auf sie auf, bitte«, sagte Mama Soto zu Onkel Steifbein. »Wenn es heißer wird, lassen Sie sie im Schatten sitzen. Und wenn sie was zu essen geschenkt bekommen –«

»Ich hab sie so lieb, als wären es meine Enkelinnen«, sagte der Alte. »Zweifeln Sie daran, daß ich sie gut behüten werde?«

Onkel Steifbein hatte recht behalten: Was Dulce und Leonor heimbrachten, war mehr, als er selbst im Laufe eines Tages zusammengebettelt hatte, von seltenen Glücksfällen abgesehen. Froh und traurig zugleich umarmte Mama Soto ihre beiden kleinen Töchter und sagte: »Was Ihr verdient habt und noch verdienen werdet, will ich als Notgroschen zurücklegen. Wer weiß, was uns noch trifft.«

Zwei Wochen lang zogen die beiden Kleinen mit Onkel Steifbein zum Betteln aus und kehrten abends stolz mit ihrem Verdienst zurück. Aber dann verloren sie die Lust an dieser neuen Beschäftigung.

»Es ist so langweilig vor der Kirche«, murrte Leonor, und Dulce verlangte wieder danach, in die Schule gehen zu dürfen.

»Ja glaubst du denn, ich würde dich nicht selber gerne in die Schule schicken?« rief Mama Soto. »Aber auch die billigste

Schule kostet Geld. Ich bin froh, wenn ich euch alle satt bekomme!«

»Ich hab genauso ein Recht, in die Schule zu gehen, wie Felipe«, murrte Dulce. »Aber ich soll immer nur mithelfen, daß er zur Schule gehen kann.«

»Wir schaffen es nicht, euch *beide* in Schulen zu schicken«, sagte Mama Soto und bemühte sich, ihren Unmut zu unterdrücken. »Jetzt müssen wir alle mithelfen, daß Felipe auf der Schule bleiben kann. Dafür wird er später uns helfen, wenn er etwas Großes geworden ist.«

»Ich will selber etwas Großes werden!« rief Dulce.

»Du wirst noch wie Sara werden«, jammerte Mama Soto und fing an zu weinen.

Gespräche

Mama Soto wußte nicht, daß sie ihre Verwandten in Unruhe hielt.

»Du mußt nach ihr sehen«, mahnte Tante Emilia Onkel Pancho. »Schließlich sind ihre Kinder mit dir verwandt.«

»Ich weiß, ich weiß«, antwortete Onkel Pancho, »aber ich wage mich mit dem Eselskarren nicht in solche fremde Stadtviertel, in denen ich noch nie gewesen bin.«

»Dann laß uns beide mit dem Bus hinfahren«, drängte sie. »Um das Fahrgeld sollte es uns dabei nicht leid tun.«

»Aber wir haben ja keine Ahnung, in welcher Straße sie wohnt. Wir haben keine Hausnummer.«

»So ein Viertel kann doch nicht viel größer sein als El Pantano«, meinte sie, »und hier kennt doch jeder jeden. Wir fragen eben herum.«

La Manchita lag für sie am anderen Ende der Stadt. Sie mußten von einem Bus in den anderen umsteigen. Als sie endlich in La Manchita ankamen, erschraken sie vor diesem finsteren, schmutzigen Viertel ohne Bäume und Gärten.

»Warum ist sie nur hierhergezogen?« fragte Tante Emilia betroffen, als sie an den Reihen häßlicher Fassaden entlangwanderten. »So, wie ich sie kenne, kann ich mir nicht vorstellen, daß es ihr hier gefällt.«

»Ihr wird das Geld knapp geworden sein«, sagte Onkel Pancho.

»Unsinn, sie hat es nicht in Rausch und Bausch hinausgeworfen, das ist nicht ihre Art. Sie hatte doch so unendlich viel davon.«

Sie fragten Passanten, sie klopften an Haustüren. Aber niemand wußte von Mama Soto.

»Hier im Viertel ist ein Kommen und Gehen«, sagte eine Frau. »Hier kümmert sich kaum einer um den andern.«

Tante Emilia und Onkel Pancho liefen noch den ganzen Nachmittag die Straßen La Manchitas ab in der Hoffnung, durch Zufall auf eines der Sotokinder oder auf Mama Soto selbst zu stoßen.

Aber es war alles umsonst. Hier in La Manchita verlor sich die Spur von Mama Soto und ihren Kindern, und Onkel und Tante mußten unverrichteter Dinge heimkehren.

»Wir haben sie nicht gefunden«, berichteten sie am Abend den übrigen Verwandten und den Nachbarn niedergeschlagen. »Wir müssen warten, bis sie selber etwas von sich hören lassen.«

Etwa um die gleiche Zeit, als Onkel und Tante durch La Manchita wanderten, bekam Mama Soto Besuch. Es war der Direktor von Felipes Schule, ein älterer, freundlicher Herr. Felipe verehrte ihn.

Er fuhr in seinem Wagen vor. Felipe saß neben ihm. Im Nu versammelte sich eine Schar zerlumpter Kinder rund um das Auto.

»Hier wohnst du?« fragte der Direktor ungläubig.

Felipe nickte schuldbewußt.

»Aber hier sehe ich gar keine Wohnungen«, sagte der Direktor verwundert.

»Im Keller«, sagte Felipe leise.

Der Direktor starrte kopfschüttelnd auf die rohe Betonwand, deren oberstes Stück aus der aufgeworfenen Erde herausragte. »Jetzt verstehe ich, warum du mir diese neue Adresse verschwiegen hast«, sagte er. »Führ mich zu deiner Mutter.«

Aber da erschien Mama Soto schon selbst. Dulce hatte den Wagen kommen sehen, hatte Felipe darin erkannt und war hinunter in den Keller gelaufen, um zu berichten.

Mama Soto war erschrocken: Wenn Felipe in einem Auto gebracht wurde, so konnte dieses Auto nur der Polizei gehören! Schon schrie sie dem Direktor mit zorngerötetem Gesicht entgegen: »Was Sie ihm auch vorwerfen – er hat es nicht getan, *er* nicht. Das schwöre ich bei Gott und allen Heiligen!«

»Beruhigen Sie sich, Frau Soto«, sagte der Direktor und streckte ihr seine Hand entgegen. »Niemand wirft Ihrem Sohn etwas vor, und ich bin auch nicht von der Polizei, sondern der Direktor von Felipes Schule. Können wir irgendwo in Ruhe reden?«

»Hier gibt es keinen Platz, wo jemand ungestört sein könnte«, antwortete Mama Soto.

»Wenn es so ist«, sagte er, »wollen wir uns wenigstens in den Wagen setzen.«

Mama Soto schickte Dulce hinunter in den Keller, den Verschlag zu bewachen, und scheuchte Leonor zu den anderen Kindern. Mit Carlota im Arm stieg sie umständlich in den Wagen. Der Direktor hielt ihr die Tür auf und war ihr behilflich, bis sie bequem saß. Felipe huschte auf den Rücksitz.

»Wir werden Ihren kostbaren Wagen schmutzig machen«, sagte sie, aber er winkte lächelnd ab, stieg ein und kurbelte alle Fenster zu. Sofort drängten sich die Bewohner des Rohbaus an den Wagen heran, betasteten ihn, drückten die Gesichter an die Scheiben und starrten angestrengt in diesen winzigen Raum hinein.

»Felipe ist ein hochintelligenter Junge«, begann der Direktor. »Man kann Ihnen, Frau Soto, zu diesem Sohn nur gratulieren.«

Mama Soto blieb stumm. Mißtrauisch wartete sie ab. Sie dachte an den Sotomayor. Der war damals auch in einem Wagen zu ihr gekommen.

»Aber er braucht Ruhe zum Lernen«, fuhr der Direktor fort. »Er muß sich konzentrieren. Er darf nicht noch über die Schule hinaus mit Arbeit und Sorgen belastet werden.«

»Bei dieser Art Leben, wie wir es hier führen müssen, ist das nicht zu ändern«, murmelte Mama Soto. »Sie wollen ihn doch nicht rauswerfen?« fügte sie erschrocken hinzu. »An ihm hängt meine ganze Hoffnung. Wenn *er* uns nicht eines Tages aus diesem Elend herausziehen wird, wer dann?«

»Niemand will ihn hinauswerfen«, beschwichtigte sie der Direktor. »Im Gegenteil: Wir wollen sein Bestes. Deshalb wollen wir ihm eine Chance bieten: Geben Sie ihn uns ganz, bis er mit seiner Ausbildung fertig ist –«

»Was soll das heißen: Geben Sie ihn uns ganz?« fragte Mama Soto.

»Er bekommt einen Freiplatz im Internat«, sagte der Direktor. »Dort kann er essen und schlafen, und auch sonst wird für sein Wohl gesorgt. Wir bezahlen ihm auch die Hefte und Bücher, die er braucht, und geben ihm ein Taschengeld. Er wird ein eigenes Bett und einen eigenen Tisch und einen Schrank für seine Sachen haben und wird jeden Tag in Ruhe seine Aufgaben machen können. Sie brauchen also für ihn keinen Centavo mehr auszugeben, denn auch die Schuluniform werden wir ihm aus dem Schulfundus zur Verfügung stellen. Besser können Sie ihn sich nicht aufgehoben wünschen. Was meinen Sie dazu?«

Mama Soto begriff nur langsam. Sie konnte nicht sprechen. Tränen schossen ihr in die Augen.

Aber noch ehe sie antworten konnte, rief Felipe: »Nein. Ich will nicht. Ich bleibe hier.«

»Aber Felipe«, sagte der Direktor erstaunt, »von *dir* hätte ich alles andere als dies erwartet. Hast du denn nicht Freude am Lernen? Du willst doch weiterkommen, willst heraus aus Schmutz und Elend –«

»Ja, das will ich«, sagte Felipe, »aber nicht so. Nicht ohne meine Mutter.«

»Aber du bist doch alt genug, um dich von ihr trennen zu können«, sagte der Direktor verwundert. »Du bist zwölf Jahre alt.«

»Geh, Felipe, geh«, flüsterte Mama Soto und wischte sich die Augen. »Ich halte dich nicht.«

»Nein,« rief Felipe, »ich laß dich nicht allein, ich habe es dir doch versprochen!«

»Du brauchst es nicht zu halten, das Versprechen«, sagte Mama Soto heftig. »Du willst ja nicht fortlaufen. Du sollst ja etwas Großes werden!«

»Ich will nichts Großes werden«, sagte Felipe zornig, »solange es uns hier so dreckig geht. Ich bleibe bei dir, Mama.«

Sie redeten beide auf ihn ein, aber er blieb hart.

Im Inneren des Wagens hatte sich eine unerträgliche Hitze gestaut. Der Direktor trocknete sich seine Stirn mit einem Taschentuch ab, Mama Soto fuhr Carlota, die eingeschlafen war, mit dem Kittel übers Gesicht und wischte sich selbst den Schweiß von den Schläfen. Felipe aber spürte die Hitze nicht. Seine Gedanken waren woanders. Er richtete seine Augen starr auf die Mutter.

»Also gut«, sagte der Direktor. »Niemand kann dich zwingen, Felipe. Aber wenn du eines Tages deine jetzige Entscheidung als falsch erkennen solltest, kannst du jederzeit wieder zu uns kommen. Du würdest das Versäumte schnell aufholen. Du weißt, wie sehr wir dich schätzen.«

Er öffnete die Tür und stieg aus. Felipe schoß aus dem Wagen, gab dem Direktor flüchtig die Hand, ohne ihn anzusehen, und rannte davon, verschwand im Gebüsch hinter dem Rohbau, überquerte den Bauplatz, floh blindlings in eine der nächsten Straßen hinein, verkroch sich in einer verwilderten Hecke und begann wild zu weinen und zu schluchzen, bis ihn ein Polizist aus seinem Versteck vertrieb.

Erst gegen Abend kehrte er heim. Seine Schuluniform war beschmutzt, sein Haar hing ihm wirr in die Stirn.

»O du Narr«, sagte Mama Soto zu ihm. »Was hast du da getan? Eine goldene Brücke hat er dir gebaut, hat dir ein Paradies angeboten, hat dich herausholen wollen aus unserem Elend – und du sagst nein dazu!«

»Aber Mama«, rief Felipe bestürzt, »ich habe dich doch nicht verlassen wollen! Warum schimpfst du jetzt mit mir?«

»Begreifst du denn nicht?« schrie sie. »Die letzte Hoffnung hast du mir genommen! Wer soll uns jemals aus dem Dreck ziehen, wenn nicht du?«

Und sie gab ihm eine schallende Ohrfeige. Er taumelte gegen die Wand. Seine Augen blieben auf sie gerichtet. Sein verzweifelter Blick schmerzte sie so, daß sie auf ihn zustürzte und ihn an sich zog.

»Ach Felipe, Felipe, mein Junge, verzeih mir«, flüsterte sie.

Der Schuhputzer

Die Regenzeit hatte begonnen. Sie hatte sich um einen ganzen Monat verspätet, dafür zeigte sie sich um so heftiger. Fast täglich um die Mittagszeit ergoß sich ein kurzer Platzregen über die Stadt. Von allen Seiten sickerten Wasser und Schlamm in die Mulde, aus der sich der Rohbau erhob, und überschwemmten den Kellerboden. Mit Geschrei und Gefluch stapelten dann die Kellerbewohner ihr bißchen Habe übereinander und warteten so, bis sich das Wasser wieder verlor. Der Schlamm blieb zurück. Mama Soto hatte jedesmal ihre Mühe, Carlota und den Hausrat vor der Nässe zu schützen.

Aber auch wenn es nicht regnete, war die Luft in diesen Tagen so feucht, daß die Kellerwände und die Hängematten schimmelten und die Kleider Stockflecken bekamen. Die Wäsche, die Mama Soto dann im Regenwasser wusch, wollte nicht trocknen. Sie war noch feucht, wenn der nächste Guß kam. Carlota begann zu husten.

Felipe hatte sich von Jacinto eine Schuhputzerausrüstung besorgen lassen. Die Bürsten und Cremes zu stehlen, hatte nicht viel Mühe bereitet. Schwieriger war die Beschaffung einer Fußstütze gewesen. Und so wanderte Felipe nun Tag für Tag in die Innenstadt und versuchte, sich gegen die vielen anderen Schuhputzer zu behaupten. Aber er war ein Neuling, er hatte es schwer. Wollte er sich vor einer Bank oder an einer verkehrsreichen Ecke niederlassen, vertrieben ihn sofort andere Schuhputzer, die ältere Platzrechte beanspruchten. Zog er sich darauf in die stilleren Straßen zurück, fehlte es ihm an Kundschaft.

Schließlich wählte er als festen Platz das Ende einer Parkpromenade. Sie lag nicht weit von seiner Schule. Hier kamen mehrere seiner ehemaligen Mitschüler auf ihrem Schulweg vorüber, morgens hin, mittags zurück, oft auch nachmittags. Sie hänselten ihn nicht. Er gehörte nicht zu denen, die zu hänseln Vergnügen bereitet. Sie schauten anfangs weg, wenn sie an ihm vorüberkamen, und hüstelten verlegen. Aber er suchte ihren Blick, grüßte unbefangen und fragte nach diesem und jenem, und bald kam es soweit, daß sie bei ihm stehenblieben und ihn ihre Aufgaben machen ließen – gegen ein paar Centavos, die sie von ihrem Taschengeld abzweigten. Handelte es sich um einen neuen Stoff, den Felipe noch nicht beherrschte, so ließ er sich das betreffende Lehrbuch zeigen, überflog das Kapitel und wußte Bescheid.

»Du bist Gold wert, Felipe«, sagte Bernardo, der Neffe des Besitzers einer Kaufhauskette. »Wenn du nicht wärst, müßte ich tatsächlich daheim was für die Schule tun –«

Auf diese Weise war auch Felipe geholfen: Er verschaffte sich eine kleine Nebeneinnahme und blieb außerdem über den Lehrstoff seiner Klasse auf dem laufenden. Er versäumte nicht viel und lernte dazu.

Manchmal besuchte ihn Jacinto, selten allein, fast immer mit seiner Bande, blieb eine Weile bei ihm und zählte ihm stolz die letzte Beute auf. Felipe war zuverlässig, das wußte die Bande. Er verriet nichts.

»In dieser Woche stehlen wir für Joselitos Mutter«, erklärte Jacinto und zeigte auf eines der kleinsten Bandenmitglieder. »Die ist im Krankenhaus. Sie hat sich was in den Fuß getreten, und ihr Bein ist bis oben angeschwollen. Vater hat er keinen, aber noch vier kleine Geschwister.«

»Besorg mir schwarze Schuhcreme, sobald du kannst«, sagte Felipe. »Meine ist bald alle.«

»Wird gemacht«, sagte Jacinto und zog wieder davon.

Nach zwei oder drei Wochen wurde Jacinto im größten Kaufhaus der Stadt beim Stehlen erwischt. Obwohl sie ihn auf der Polizeiwache ausfragten, ja bedrohten und sogar schlugen, verriet er nicht, wo seine Familie wohnte. Jungen seiner Bande, die auch mit im Kaufhaus gewesen waren, als er der Polizei in die Hände fiel, gaben die Nachricht an Felipe weiter. Der zögerte den Augenblick hinaus, da er seiner Mutter die Wahrheit sagen mußte. Immer noch hoffte er, Jacinto könne sich herausreden, werde entlassen, könne fliehen.

Als er aber auch am zweiten Abend nicht heimkam, geriet Mama Soto in solche Panik, daß sie mit den drei Mädchen in die Stadt hineinlaufen wollte. Vergeblich redeten Felipe und der Alte auf sie ein.

»Du weißt doch gar nicht, *wo* du ihn finden könntest«, sagte Felipe.

»Aber ich kann nicht gleichgültig daheim sitzen bleiben«, jammerte Mama Soto. »Laßt mich gehen! Und wenn ich einfach nur gehe und mir einbilde, ich gehe ihm entgegen, ich komm ihm näher –«

Da sagte ihr Felipe, was er wußte.

»Er ist unschuldig!« rief Mama Soto. »Es muß ein Irrtum sein! Mein Jacinto stiehlt doch nicht! Ein Soto – wie könnte er stehlen?«

Nur mit Mühe konnten sie sie davon abhalten, die Polizeiwachen in der Innenstadt nach dem Jungen abzusuchen.

»Damit brächten Sie sich noch selbst in Gefahr«, warnte der Alte. »Man könnte annehmen, Sie hätten den Jungen ausgeschickt.«

»Diese verfluchte Stadt!« schrie Mama Soto. »Ein Kind nach dem andern nimmt sie mir weg. Und wer steckt hinter all diesem Elend? Der Sotomayor!«

Am dreizehnten Tag kam Jacinto schmutzig und hohläugig heim. Mama Soto lachte und weinte vor Freude.

»Was hast du durchmachen müssen!« rief sie immer und immer wieder. »Welche Ungerechtigkeit hast du ertragen müssen. Wie konnten sie dich nur so verdächtigen?«

»Ich hab Hunger, Mama«, sagte er und stürzte sich auf die Bohnensuppe, die Mama Soto gerade zwischen zwei Regenschauern auf einem Abfallhaufen hinter dem Rohbau kochte. »Im Gefängnis haben nur die was zu essen gehabt, denen ihre Leute von daheim was brachten.«

»Warum hast du uns keine Nachricht geschickt, wo du bist?« klagte Mama Soto. »Ich wäre jeden Tag gelaufen gekommen mit Maisfladen oder Suppe!«

»Ich hab nicht sehen wollen, wie du weinst«, sagte er. »Und ich bin ja auch nicht verhungert, wie du siehst. Ich war einer von den Jüngsten, da haben mir die Männer hin und wieder was abgegeben.«

»Warst du vor einem richtigen Richter?« fragte Dulce, als sie vom Betteln heimkam.

»Ich weiß nicht, ob das ein Richter war«, sagte Jacinto, »der gesagt hat: Laßt ihn laufen. Ich hab ihm jedenfalls die Zunge rausgestreckt, bevor ich fortgelaufen bin.«

Zwischen dem Gebüsch hinter dem Rohbau berichtete er Felipe im Flüsterton aber ganz andere Dinge.

»Sie haben mich nicht laufenlassen«, sagte er finster. »Sie haben mich nach San Clemente bringen wollen.«

»San Clemente?« fragte Felipe. »Was ist das?«

»Ein Gefängnis für solche, die noch nicht erwachsen sind. Dort soll man sich bessern. Es liegt ganz einsam irgendwo am Meer. Ich hab mit einem gesprochen, der schon mal dort gewesen ist. Höllisch soll es dort sein: Hunger und Schläge.«

»Und dort kommt jeder hin, der beim Stehlen erwischt wird?«

»Beim zweiten oder dritten Mal.«

»Aber du –«

»Es war das zweite Mal«, sagte Jacinto verlegen. »Vor ein paar Wochen hatten sie mich schon mal am Wickel, aber da ließen sie mich gleich am selben Tag wieder heimgehen. Davon hab ich euch nichts erzählt.«

»Also bist du diesmal getürmt?«

»Vor einer Ampel vom Lastauto gesprungen. Wir waren neun Jungen. Noch ein anderer ist mitgesprungen, aber den haben sie gleich wieder eingefangen. Jetzt wird die Polizei in der Stadt die Augen nach mir offenhalten. Denn aus dem Pablito, dem Kleinsten von unserer Bande, haben sie herausgeprügelt, daß ich der Anführer bin. Ich darf mich so schnell nicht wieder sehen lassen. Und die Bande ist ja auch kaputt. Vier davon sind jetzt in San Clemente.«

»Die Polizei wird vermuten, daß du dich in La Manchita versteckst.«

»Wenn die in San Clemente dichthalten. Aber wenn sie geprügelt werden, wie kann da so einer wie der Pablito stumm bleiben?«

»Nimm dich also in acht«, sagte Felipe. »Sie dürfen dich nicht kriegen. Denk an die Mama.«

»Das brauchst du mir nicht zu sagen«, antwortete Jacinto.

Die Schachtel

Zwei Tage nach Jacintos Heimkehr wurde Carlota wieder krank. Sie hatte schon wochenlang gehustet, jetzt bekam sie Fieber. Als sie mitten in einem heftigen Gewitter fieberglühend nach Atem zu ringen begann, wickelte Mama Soto sie in die kleine Hängematte, weil sie keine Decke besaß, und rannte mit ihr durch den Regen in die nächste Apotheke, wo sie die Adresse eines Arztes erfragte. Er betrachtete das Kind, schüttelte den Kopf, verschrieb ein Mittel, das nicht mehr helfen konnte, und nahm Mama Soto all das Geld ab, das sie mühsam von den Bettelgroschen der kleinen Mädchen zusammengespart hatte.

Als sie heimkam und durch knöchelhohes Wasser in ihren Verschlag watete, wo Dulce und Leonor verschreckt in ihren Hängematten kauerten, spürte sie, daß in dem Bündel in ihren Armen kein Leben mehr war.

Sie wollte es nicht glauben, sie wollte das, was sie sah und fühlte, nicht annehmen. Sie preßte den kleinen schlaffen Körper an ihre Brust, wiegte ihn hin und her, sprach mit ihm, tröstete ihn, versprach ihm alle Sterne des Himmels. Sie verbarg die Leiche vor den Augen der übrigen Kellerbewohner, ja vor den eigenen Kindern, bettete sie in ihre Hängematte und legte sich die ganze Nacht dazu. Kein einziger Schrei kam über ihre Lippen. Im Laufe der Nacht gab sie der entsetzlichen Wahrheit langsam nach, und am anderen Morgen verkündete sie den Kindern und dem Alten, was sie längst wußte:

»Carlota ist tot.«

Die Geschwister weinten. Leonor streichelte immer und immer wieder das kleine blasse Gesicht, und Dulce holte Blumen von den Schutthalden herein und schmückte Carlota. Für einen halben Tag dämpfte der Tod den Lärm im Rohbau. Auf Zehenspitzen näherten sich die Kellerbewohner der Hängematte, betrachteten die Leiche scheu und bekreuzigten sich. Dann entfernten sie sich wieder und kehrten durch den Schlamm, den das absickernde Wasser auf dem Kellerboden zurückließ, in ihre eigenen Verschläge zurück.

»Sei doch froh«, sagte die alte Marta zu Mama Soto. »Der Kleinen ist ein elendes Leben erspart worden, und du hast eins weniger zu versorgen.«

»Scher dich fort, du Mißgeburt!« schrie Mama Soto auf. »Als ob ich mich danach gesehnt hätte, von dieser Plage erlöst zu werden!«

Zu Felipe aber sagte sie, während schon der Donner des nächsten Gewitters dröhnte: »Ich bin schuld an ihrem Tod, ich ganz allein. Der nasse Keller hat sie umgebracht. Hätte ich mich dazu entschlossen, nach El Pantano zurückzukehren, wäre sie am Leben geblieben. In El Pantano hätte sie nicht in solcher Feuchtigkeit leben müssen. Ja, ich bin schuld, und nur deshalb, weil ich zu stolz war.«

Der Alte schlurfte bekümmert in die Stadt und kam mit einer großen Schachtel zurück, die einmal einen neuen Fernsehapparat umhüllt hatte. In diese Schachtel betteten sie Carlota, die, angetan mit ihrem einstigen Sonntagskleid, einer blassen, ungemein teuren Puppe glich. Aber schon verbreitete sie den widerlich süßen Gestank des Todes, und abwechselnd mußten die Geschwister die Fliegen fortscheuchen, die über der Toten kreisten. Ja, es war höchste Zeit, daß die Leiche in die Erde kam. Aber es fiel Mama Soto so unendlich schwer, sich von dem Kind zu trennen. Sie beugte sich über die Schachtel, die in der Hängematte hin und her pendelte, und streichelte die kleine leblose Hand, bis der Alte von draußen zurückkehrte, wo er zusammen mit Felipe und Jacinto zwischen den aufgeworfenen

Erdhügeln hinter dem Rohbau eine kleine Grube ausgehoben hatte. Freilich, es war verboten, Tote außerhalb eines Friedhofs zu begraben, aber ein Grab kostet Geld, ebenso wie ein ordentliches Begräbnis. Carlota war ja so klein, was machte es schon aus, wenn sie in der Wildnis hinter dem Rohbau wieder zu Erde wurde? Dort war sie niemandem im Weg.

Der Alte schob Mama Soto sanft beiseite und schloß den Deckel der Schachtel. Die verschnürte er sorgsam mit einer neuen Schnur. Wenn Carlota schon keinen Sarg bekommen konnte, so sollte ihre Schachtel wenigstens mit einer neuen Schnur verschnürt sein. Es war eine Schnur, die er von seinem Bettelgeld gekauft hatte, und er hatte nicht die billigste gewählt.

Als es so dunkel geworden war, daß kein Polizist mehr von der Straße her sehen konnte, was hinter dem Rohbau vorging, trug der Alte die Schachtel hinaus. Alle Sotos und ein paar Neugierige aus dem Keller folgten ihr. Dulce und Leonor hielten sich an den Händen und schluchzten laut. Mama Soto aber geleitete ihre jüngste Tochter mit versteinertem Gesicht, und nicht einmal in dem Augenblick, als der Alte sich mühsam am Rand der Grube hinkniete und die Schachtel in die Dunkelheit versenkte, begann sie zu weinen.

»Möge Gott ihr alle Herrlichkeit zuteil werden lassen«, sagte er leise.

»Möge Gott den Sotomayor vernichten«, fügte Mama Soto laut hinzu.

»Scharrt Erde darauf«, befahl der Alte den Jungen, und sie scharrten den Erdhaufen, den sie während des Nachmittags mühsam heraufgeholt hatten, über die Schachtel. Ein kleiner Hügel entstand. Sie trampelten ihn fest.

»Nein!« rief Leonor und warf sich mit ausgestreckten Armen über das Grab. »Ihr tut ihr ja weh!«

»Komm«, sagte Mama Soto und hob sie auf. »Hier ist alles getan. Wir wollen hineingehen.«

Sie führte sie fort. Dulce ergriff ihre andere Hand. Die Zuschauer zerstreuten sich.

»Türmt alle Steine, die ihr findet, auf das Grab«, sagte der Alte zu den Jungen. »Hier in der Stadt gibt es viele hungrige Hunde.«

Sie türmten eine kleine Pyramide auf das Grab. Sie schleppten Steine, bis sie vor Müdigkeit wankten.

Die Hängematten

Als der Alte, Felipe und Jacinto im Dunkeln in die Kellerecke zurückkehrten, empfing sie eine merkwürdige Stille. Sie tappten quer durch den Raum. Auch in der Finsternis kannten sie die Richtung zu ihrem Verschlag genau. Aber gerade, als Felipe nach seiner Hängematte tastete, stolperte er über etwas.

»Ich bin's«, hörte er Leonor flüstern. »Paß auf, hier hockt auch Dulce, und dort die Mama.«

»Warum seid ihr denn nicht in den Matten?« fragte Jacinto.

»Sie sind weg«, sagte Mama Soto laut. »Der Schaukelstuhl auch. Gestohlen.«

Den beiden Jungen verschlug es die Sprache.

Der Alte aber sagte ruhig: »Darauf habe ich schon lange gewartet. Es waren die schönsten Matten im Keller. Es ist ein schwacher Trost, daß die Diebe sich nicht selber hineinlegen können, es sei denn, sie verließen diesen Raum. Und was den Schaukelstuhl betrifft, so solltet ihr Jungen morgen auf den Trödelmarkt gehen. Dort wird er auftauchen.«

»Was nützt uns das?« fragte Jacinto. »Auch wenn wir ihn finden sollten und ihn zurückverlangen – wer kümmert sich schon um das, was wir sagen?«

»Es ist gut so«, sagte Mama Soto gleichgültig. »Die Diebe haben uns die letzte Last abgenommen. Jetzt brauchen wir uns nicht mit den Matten und dem Schaukelstuhl abzuschleppen, wenn wir morgen früh heimkehren werden.«

»Heimkehren?« fragte Felipe erstaunt. »Wohin heimkehren?«

»Nach El Pantano«, sagte Mama Soto.

Sie verbrachten die letzte Nacht in der Stadt auf dem feuchten Betonboden. Sobald der Morgen dämmerte, kramte Mama Soto das lächerlich Wenige zusammen, was ihnen noch nach allem geblieben war, und band es in zwei Bündel. Das leichte sollte Felipe tragen, das schwerere sie selbst. Keinen Augenblick dieser entsetzlichen Nacht hatte sie geschlafen. Mit rotgeränderten Lidern starrte sie die Kinder und den Alten an, die um sie herum lagen, mitten im verkrusteten Schlamm der letzten Flut. Leonor und Dulce husteten.

»Wacht auf«, sagte sie laut, »bevor auch ihr euch hier noch den Tod holt.«

»Ruhe!« keifte jemand aus einer der Ecken.

Kein Kellerbewohner verabschiedete sich von den Sotos, ihre Blicke wichen den Bestohlenen aus. Nur Onkel Steifbein begleitete sie ein Wegstück.

»Kommen Sie doch mit uns«, bat Mama Soto. »Meine Verwandten werden uns nicht verhungern lassen, und was für fünf reicht, das reicht auch für sechs.«

»Es wird schon schwer genug für Sie und Ihre Kinder sein, aus dem Futtertrog der Verwandten leben zu müssen«, antwortete der Alte. »Ich will nicht noch darüber hinaus zur Last fallen. Machen Sie sich keine Sorgen um mich. Ich versteh mich aufs Alleinsein. Und es wird ja mit mir nicht mehr lange dauern.«

»Eben deshalb«, sagte Mama Soto. »Was wird aus Ihnen werden, wenn Sie nicht mehr zur Kirche wandern können?«

»Darüber sollten Sie sich jetzt keine Gedanken machen«, sagte der Alte, küßte die kleinen Mädchen, strich den Jungen über die Köpfe, und dann zog er Mama Soto an sich und flüsterte: »Seien Sie tapfer.«

Mama Soto warf ihr Bündel hin und umarmte ihn.

»Onkel Steifbein«, flüsterte sie ihm ins Ohr, »sagen Sie noch einmal Ihren Spruch, geben Sie ihn mir mit auf den Weg –«

»Nein«, antwortete er. »Ihnen gegenüber möchte ich ehrlich sein. Ich glaube nicht mehr an Gottes Güte. Ich glaube nicht einmal mehr an ihn selber.«

Sie starrte ihn erschrocken an und bekreuzigte sich.

Die Heimkehr

Sie durchquerten mehrere Viertel, bis sie auf die Landstraße stießen, die an El Pantano vorbei in die Berge führte. Es herrschte ein lebhafter Verkehr in beiden Richtungen. Die Sotos mußten hintereinander her wandern, an den Straßenrand gedrängt.

»Schau, Mama«, rief Dulce, die vor ihr ging, und zeigte in die Richtung des Horizonts.

Mama Sotos Blick folgte dem ausgestreckten Finger. Da erkannte sie in der Ferne den Ziegenhügel, ihren Ziegenhügel. Breit ruhte er im Tal, und auf seiner Kuppe glänzte ein weißer Punkt: Sotomayors Villa.

Aber schon verschwand das Bild, das ihr ganz und gar unwirklich erschien, in einer Staubwolke, die ein Bus aufwirbelte. Der Staub hüllte die Sotos so ein, daß ihr Schritt stockte. Eine Wolke folgte der anderen. Es hatte kurze Zeit nicht geregnet, der Schlamm der Regenzeit hatte eine Kruste über dem Asphalt gebildet, die sich unter den Rädern in Staub verwandelte. Die Kinder blinzelten und rieben sich die Augen.

»Es ist nicht mehr weit«, tröstete sie die Mutter. »Schaut nur immer auf den Ziegenhügel. Die Straße führt ja auf ihn zu. Er wird größer und größer werden.«

»Ich hab so Durst«, klagte Leonor.

»Tante Emilia hat Wasser für uns«, sagte Mama Soto.

Busse, Lastwagen, Personenwagen, Pferdegespanne fuhren an ihnen vorüber. In einem der Busse saß eine Frau aus El Pantano, Josefina, Mama Sotos liebste Freundin, der sie in der Nacht nach dem Abschiedsfest auf dem Ziegenhügel einhundertzwanzig Reales als Schulgeld für ihren Sohn Enrique geschenkt hatte. Josefina erkannte die Sotos am Straßenrand. Nur einen winzigen Augenblick lang, zwischen zwei Staubwolken, sah sie sie, aber sie sah genug: Sie waren wieder barfuß, so wie früher auf dem Ziegenhügel, und ihre Kleider waren schmutzig und zerlumpt. Mama Sotos Haar hing zu einem dicken Zopf geflochten auf ihren Nacken herab. In den Mähnen der Jungen klebte keine Pomade mehr. Sara und Carlota fehlten.

Josefina war es, die erst Tante Emilia, dann dem ganzen Dorf die Nachricht von Mama Sotos Rückkehr brachte.

»Was du da erzählst, riecht nach Unglück«, sagte Tante Emilia betroffen. »Arme Rosalba. Ich kann hier nicht mit den Händen im Schoß auf sie warten. Ich geh ihr entgegen.«

»Ich komme mit«, sagte Josefina.

Auf halber Strecke trafen sie aufeinander. Die Sotos gingen mit gesenktem Kopf, um ihre Augen vor dem wirbelnden Staub zu schützen. Mama Soto sah Tante und Freundin nicht kommen. Tante Emilia aber hatte trotz des Staubs nach den Langvermißten ausgeschaut. Sie war so schnell gelaufen, die alte Frau, daß sie Josefina weit hinter sich gelassen hatte. Und nun erkannte sie die Sotos in der Ferne, sah sie mit klopfendem Herzen näher kommen, eilte ihnen entgegen, sah sie immer größer, immer deutlicher nach jeder Staubwolke, die sich langsam setzte. Sie erschrak über das, was von Mama Soto und ihren Kindern übriggeblieben war.

Mitten in einem Wirbel von Staub schaute Mama Soto plötzlich auf und erkannte wie hinter einem Schleier das gütige, altvertraute Gesicht der Tante.

»Schön, daß du heimkommst«, rief ihr dieses Gesicht entgegen. »Wir haben euch schon lange erwartet.«

Da ließ sie ihr Bündel los, fiel auf sie zu, umklammerte sie, warf sie fast um, und ihr ganzer Jammer brach aus ihr heraus. Sie weinte so laut, daß sich der Kutscher eines Pferdegespanns erstaunt nach ihr umschaute.

»Weine nur«, sagte die Tante, »wein dich nur aus, weine alles heraus! Niemand wird spotten! Komm, laß uns heimgehen. Du wirst müde sein.«

»Ja«, seufzte Mama Soto, »sehr müde. Und die Kinder auch.« Langsam setzte sich der kleine Zug in Bewegung.

»Verhungern werdet ihr jedenfalls nicht«, sagte Josefina, die inzwischen hinzugekommen war. »Im Dorf kennt jeder jeden, und jeder hat jemanden, der ihm hilft.«

Felipe, der gedankenverloren als letzter in der Reihe gegangen war, überholte jetzt Dulce, Leonor und Tante Emilia und berührte den Arm seiner Mutter.

»Mama«, sagte er leise.

Mama Soto wandte sich ihm mit verweinten Augen zu.

»Mama«, flüsterte er, »ich hab mir's überlegt: Ich kehr um.«

Sie blieb erschrocken stehen.

»Was meinst du damit?« stammelte sie.

»Ich geh ins Internat. Du bist ja jetzt nicht mehr allein –«

»Felipe«, flüsterte sie. Dann bat sie: »Lauf schnell fort, denn solange ich dich noch sehe, werde ich meinen Mund zupressen müssen, um nicht zu schreien.«

Sie umarmten einander, dann reichte Felipe seinem Bruder sein Bündel, drehte sich um, lief an Tante Emilia, Leonor und Dulce vorbei zurück in die Stadt.

»Wird er eines Tages zurückkommen und dem Sotomayor unseren Ziegenhügel wieder wegnehmen?« fragte Dulce.

»Und ich zünd ihm die Villa an!« sagte Jacinto.

Mama Soto aber schaute Felipe nach. Ein Lastwagen brauste vorüber und wirbelte Staub auf, und als sich die graubraune Wolke verzogen hatte, war Felipe schon nicht mehr zu sehen. »Vergiß uns nicht, mein Junge!« schrie sie ihm nach. »O bitte, vergiß uns nicht.«

RTB Jeans

RTB 299

RTB 389

RTB 926

RTB 1689

RTB 1720

RTB 1735

Ravensburger TaschenBücher

RTB Zeitgeschichte

RTB 600

RTB 715

RTB 1501

RTB 1505

RTB 1553

RTB 1593

Ravensburger TaschenBücher